Ann S. Stephens

Myra oder die Pflegetochter

Ann S. Stephens

Myra oder die Pflegetochter

ISBN/EAN: 9783743481985

Hergestellt in Europa, USA, Kanada, Australien, Japan

Cover: Foto ©Andreas Hilbeck / pixelio.de

Manufactured and distributed by brebook publishing software
(www.brebook.com)

Ann S. Stephens

Myra oder die Pflegetochter

Myra

ober

Die Pflegetochter.

Eine Erzählung

von

Mrs. Ann S. Stephens.

Aus dem Englischen übersetzt.

Zweite Abtheilung.

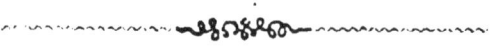

Leipzig,
Verlag von Ch. E. Kollmann.
1866.

Fünftes Kapitel.

***

Jugendträume.

Das von Daniel Clark aufgesetzte zweite Testament ward niemals aufgefunden, und die ungeheure Erbschaft, welche seiner Tochter hätte zukommen sollen, fiel den beiden Schurken zur Beute, die ihn sein ganzes Leben lang mit ihrem giftigen Haß verfolgt, die jede Quelle seines Glücks vergiftet, und ihn endlich unter die Erde gebracht hatten.

Seine Gattin ward vollständig beraubt, man ließ ihr nichts, als die traurigen Erinnerungen an die Vergangenheit. Allein für sein Kind waren nicht einmal diese Erinnerungen vorhanden. Für Myra waren Vater und Mutter nur ein Traum, ein unbestimmter Begriff, der eine Zeit lang in ihrem Gedächtniß zurückblieb und dann verschwand.

Jahre, viele Jahre sind vergangen, und wir finden Myra in einer der prächtigsten Wohnungen von Philadelphia wieder.

Sie war jetzt ein schönes, junges Mädchen.

Sie hatte ein Morgengewand an, und war kaum
erst aus einem der süßen Träume erwacht, welche seit
einiger Zeit sie in ihrem Schlafe mit Liebesvisionen
umgaukelten.

Während sie vor ihrem Toilettenspiegel ihr üppiges,
braunes Haar zwischen ihre kleinen Hände nahm, beschäftigten sie die lachenden Phantasiegebilde, welche den
Zauber der Jugend ausmachen. Nachdem sie ihre
schönen, reichen Flechten aufgelöst und zurückgeschlagen,
so daß sie ihre schlanke Gestalt bis zu den Füßen ein-
hüllten, hatte sie sich träumerisch in das Boudoir ge-
flüchtet und auf die scharlachrothen Kissen des Sopha's
geworfen.

Hier überließ sich das junge Mädchen, in ein wei-
tes Gewand gehüllt, die Wange in die Hand gestützt,
in die seidenen Kissen geschmiegt, ihren Betrachtungen.
Vielleicht umgaukelte der Traum, aus dem sie so eben
erwacht, noch ihr Gehirn, aber Myra selbst hätte schwer-
lich sagen können, welche lieblichen und seltsamen Gedanken in ihrem Herzen auftauchten. Ihre eigenen
Gedanken waren ihr selbst noch ein Geheimniß und
ihre Gefühle eben so unbestimmt wie rein.

Die Tagesträume haben, wenn sie in unserer ersten
Jugend uns umschweben, etwas Göttliches. Warum
dauern sie nicht das ganze Leben hindurch fort und
hüllen uns in ihre Rosenwölkchen ein?

Myra ward aus ihren Träumen geweckt, aber nicht
in rauher Weise, wie dies so oft bei unsern besten

Träumen geschieht. Sie hörte in dem anstoßenden Zimmer einen leichten Schritt, und eine sanfte Stimme rief ihren Namen. Das junge Mädchen erhob sich und sagte: „Mutter — Mutter — bist Du es. — Ich habe mich diesen Morgen wohl sehr verspätet? —"

„O, da bist Du, mein Kind," sagte eine Dame in mittleren Jahren und mit einem angenehmen Gesicht, als sie in das Boudoir trat. „Nein, Du hast Dich nicht sehr verspätet, aber Du weißt, daß Dein Vater soeben gekommen ist und nach Dir fragt."

„Mein Vater ist hier und ich bin noch nicht halb angekleidet," rief das junge Mädchen, indem sie ihr Haar aufband.

Dann wechselte ihr Gesicht mit der natürlichen, wunderbaren Beweglichkeit ihrer Züge, seinen Ausdruck vollständig. Das Träumerische, ja fast Schmachtende darin verschwand in einem Augenblick. Die lebhafte Elasticität ihres Characters leuchtete aus jedem Zug wie die Flamme, welche der Diamant in sich birgt. Ihre Wangen, ihr Mund, ihre weiße Stirn waren voll Lebendigkeit und ihre Augen glänzten vor Freude.

Sie liebte mit ihrem ganzen Wesen den Mann, den sie für ihren Vater hielt, und was die Frau betraf, die sie mit so inniger Liebe betrachtete, während sie ihre Toilette beendete, so empfand Myra eine Leidenschaft für dieselbe, die noch stärker als die natürliche Liebe eines Kindes zu seiner Mutter war.

In weniger als einer Minute war Myra bereit,

hinunter zu gehen. Eine Minute später lag sie in den Armen eines Mannes von schönem Wuchse und vornehmem Aeußeren. Er stand an der Thür des Speisezimmers und erwartete ungeduldig die Ankunft seiner Tochter.

Mr. Davis war mehre Wochen nicht zu Hause gewesen, und fühlte sich nicht eher vollkommen glücklich, als bis Myra ihn mit einem fröhlichen Kusse bewillkommnet hatte.

Das Frühstück war an diesem Morgen ein Fest für die ganze Familie. Mistreß Davis' Augen wanderten von dem Gesicht ihres Gatten nach dem ihres Kindes, denn sie liebte Myra mehr, als ob sie ihre leibliche Tochter wäre. Sie betrachtete Beide mit liebevollen Blicken. Glücklich, sich wieder im Schooße seiner Familie zu befinden, war Mr. Davis heiterer und liebenswürdiger als gewöhnlich. In dieser kleinen Familiengruppe gab es keine Hintergedanken und keine Spur von Zwist oder Uneinigkeit.

„Hast Du seit meiner Abreise Besuche erhalten. Myra? Was für eine neue Eroberung hast Du gemacht? Erzähle mir Alles, mein Kind," sagte Mr. Davis lächelnd, während seine Gattin ihm den Kaffee in eine Tasse von chinesischem Porzellan goß.

Myra lachte laut und war so fröhlich, wie ein junges Mädchen nur sein kann.

„O ja, wir haben viel Besuch und Massen von Anbetern gehabt. Damen, so zahlreich, wie ein Colibri-

schwarm, und — und — o ja, einen sehr sonderbaren
und sehr romanhaften Herrn, einen Deiner Namens-
vettern und vertrauten Freunde, Papa. Ich habe Dir
in meinen Briefen von ihm erzählt, aber Du hast in
Deinen Antworten nie auf ihn angespielt."

„Ja, ich erinnere mich seiner," sagte Mr. Davis.
„Er ist ein alter Herr mit ernstem Gesicht, der gerade
so viel weiße Haare hat, als dazu gehört, um ihn
interessant zu machen, und der das verführerischeste Benehmen besitzt. Er trug in seiner Brusttasche stets eine
kleine Bibel mit goldenem Schloß. Ich erinnere mich
Deiner Beschreibung sehr gut, siehst Du. Nun, Myra,
was ist denn aus ihm geworden? Du hast Dein Herz
verloren, wie ich aus Deinem Briefe ersehen habe, aber
wer war denn diese geheimnißvolle Person? Ich bitte
Dich, erkläre mir Alles."

Myra und ihre Mutter wechselten Blicke. Das
Gesicht der Dame ward von einer leichten Röthe über-
zogen und das junge Mädchen schien etwas verlegen.

„Mein Gott, Papa, wie sonderbar Du doch sprichst.
Dieser Herr kennt Dich ja gut. Er ist Mitglied' des
Congresses und sitzt neben Dir," sagte Myra.

„Welcher Unsinn, mein Kind! Es giebt nur ein
Congreßmitglied, welches denselben Namen führt, wie
ich, und dieses hat sich während der Sitzung nicht ein
einziges Mal von Harrisburg entfernt. Ueberdies hat
dieser Mann kein einziges weißes Haar auf seinem
Kopfe und trägt nicht kleine Bibeln mit goldenen

Schlössern mit sich herum, um sie den jungen Damen zu zeigen. Du hast es mit einem Betrüger zu thun gehabt. Und was wünschte denn dieser interessante Herr?"

„Er hatte seinen Mantelsack verloren, in welchem sich seine Kleider und sein Geld befanden," stammelte Myra.

„Alles, die kleine Bibel ausgenommen," rief der Vater lachend aus.

„Und," fuhr das junge Mädchen erröthend fort, „da er einer Deiner Freunde war, und kein Geld besaß, so hat er Mama gebeten, ihm eine kleine Summe vorzuschießen."

„Und sie hat es gethan, darauf möchte ich schwören," sagte Mr. Davis, den die Unruhe seiner Frau belustigte. „Der Schurke hat mit einem Schlag die Börse meiner Frau und das Herz meiner Tochter gewonnen."

„Es war nicht viel, nur vierundzwanzig Dollars," erwiderte Mistreß Davis, indem sie sich bemühte, auf den Spott ihres Gatten zu antworten."

„Aber ich — ich habe ihm gesagt, daß er ebenso fünfzig nehmen könne," sagte Myra, die mit ihrem Vater zu lachen begann, „denn wer hätte seinem liebenswürdigen Benehmen mißtrauen können?"

„Und seiner kleinen Bibel," erwiderte Mr. Davis.

„Und seinem weißen Haar. Wirklich, Papa, das war das Geld wohl werth. Es ist unmöglich, auf anmuthigere Weise bestohlen zu werden. Du hast keinen Begriff von dem Gesicht, mit welchem dieser Mann sich von uns verabschiedete. Er hatte wirkliche Thränen in den Augen."

„Der Mann ist sehr dumm gewesen, daß er Deine fünfzig Dollars nicht angenommen hat, Myra. Das ist Alles, was ich hierüber zu sagen habe, jetzt fahre mit Deiner Liste fort. Was für anderen interessanten Besuch hast Du während meiner Abwesenheit empfangen?"

Myra zögerte; sie schlug die Augen eine Secunde lang nieder und ihre Wangen wurden purpurroth. Zum ersten Male fühlte sie sich ihrem Vater gegenüber verlegen. Was sollte aus ihr werden, wenn er auch diesen Mann für einen Betrüger hielt? Sie dachte daran, und schon bei dem Gedanken schauderte ihr Herz. Sie fühlte daß die Augen ihres Vaters fragend auf ihr ruhten und dies verdoppelte ihre Verlegenheit.

„Wir haben noch einen Fremden bei uns empfangen," sagte sie endlich, indem sie sich bemühte, ihren Vater anzusehen. „Es war ein sehr angenehmer, junger, äußerst talentvoller Mann, mit welchem wir zufällig bei einem Ausfluge in Berührung kamen."

„So, und wer ist er denn?" fragte Mr. Davis in strengem Tone, indem er dabei auf seine Gattin einen Blick warf, in welchem sich seine ganze Unzufriedenheit malte.

„Er sieht wie ein sehr achtungswerther, junger Mann aus, der viel Talente und edle Gefühle besitzt,"

sagte Mistreß Davis, die ihrer Tochter aus der Verlegenheit, eine Antwort geben zu müssen, helfen wollte.

„Er sieht aus — Von wem sprecht Ihr denn?"
fragte Mr. Davis mit fester Stimme und prüfendem
Blick. „Myra, wer ist dieser Mann?"

„Er heißt Whitney," erwiderte das junge Mädchen,
die ihre gewöhnliche Sicherheit in gewissem Grade wie-
dergefunden. „Weiter habe ich mich nicht nach ihm
erkundigt. Aber er ist kein Betrüger, Papa, dessen
bin ich gewiß."

Mr. Davis stand vom Tische auf und war augenscheinlich sehr ärgerlich.

Myra's Herz pochte heftig. Warum zitterte sie?
Warum bebte jeder Nerv ihres Körpers? War dieser
Fremde ihr mehr als die hundert Anderen, die sie gesehen? Warum schwand das Lächeln von ihren Lippen
und warum verließ sie ihr Muth, als sie die tiefe Unzufriedenheit sah, die sich in dem Gesicht ihres Vaters
aussprach? Erwachte das junge Mädchen aus einem
Traume? Begann sie die Kraft und Stärke ihrer Liebe
zu fühlen? Oder war der rosenfarbene Schleier erst
halb von ihrem Herzen gezogen?"

Sie sah ihre Mutter mit flehenden Augen an.
Diese antwortete ihr mit einem liebevollen und unver-
änderten Blicke. Diese liebende und gute Frau war
weit davon entfernt, in das kalte Mißfallen ihres
Gatten einzustimmen, sondern sympathisirte im Gegen-
theil mit den zärtlichen Gefühlen, welche in diesem

Augenblick so beredtsam in den Augen ihres Kindes leuchteten.

Mistreß Davis erhob sich vom Tische, verließ das Speisezimmer und winkte ihrer Tochter, ihr zu folgen.

„Bleib," sagte Mr. Davis zu Myra in dem Augenblick, wo diese sich in ihr Zimmer zurückbegeben wollte. „Ich habe Dir nur noch eine Frage vorzulegen, dann werden wir wohl mit diesem Intriguanten fertig sein, denn gewiß ist dieser Mensch auch ein solcher."

„Nein, Vater, nein. Ich würde mein Leben für seine Ehre verpfänden. Er ist kein Intriguant," rief Myra, während ihr Vater ihr in das kleine Zimmer voranging, welches an den Speisesaal stieß.

„Das würdest Du ebenfalls für jenen Greis mit der Bibel gethan haben," erwiderte er halb zornig, halb ironisch. „Aber antworte mir auf meine Frage, Myra. Hat dieser junge Mann es nie gewagt, seine Augen zu Dir wie zu einer Person seines Gleichen zu erheben? — Hat er nie ein Wort gesagt, welches Dich vermuthen lassen könnte, daß er Dich anders als wie eine Fremde betrachtet?"

„Niemals, Vater, niemals, er war weit davon entfernt. Während alle anderen jungen Leute mich mit Schmeicheleien überhäuften, während man an mich, in meiner Eigenschaft als Erbin, alle nur möglichen Huldigungen verschwendete, verhielt er allein sich schweigsam. Immer höflich, immer ehrerbietig, hat er niemals, auch nicht eine Minute lang die Haltung angenommen, die andere junge Leute sich so oft anmaßen, welche sich nicht des vierten Theils seines Verdienstes rühmen können. Er sprach nur selten von sich und nie ist ein Wort von Liebe zwischen uns gewechselt worden."

„Du bist beredt, Myra, in dem Lobe und der Vertheidigung dieses Fremden."

„Ich sage nur die Wahrheit, Papa."

„Gut. Das freut mich. Die Sache ist nicht so ernst, als wie ich dachte. Jetzt geh in Dein Zimmer und denke nicht mehr an diese Dinge."

Nicht daran denken! Das war ein leicht zu gebender Befehl aber schwer war es für Myra, demselben zu gehorchen. Schon der Gedanke an den jungen Fremden war mächtig, wie ein engelgleicher Geist hatte er auf ewig die ruhigen Wasser ihres Herzes bewegt. Trotzdem aber ließ Myra sich nicht träumen, daß dieser Geist die Gestalt der Liebe annehmen würde.

Sie trat in das Boudoir und warf sich auf den Divan. Aber wie hatten ihre Gedanken sich verändert! Der liebliche, so ruhige von milder Befriedigung erfüllte Traum war verscheucht wie eine Wolke. Ihr Herz klopfte, ihre Wangen brannten und ihre Augen standen voll Thränen. Ihr Herz empörte sich bei dem Gedanken, daß ihr Vater einen einzigen Augenblick lang an dem Manne hatte zweifeln können, auf welchen sie so unbeschränktes Vertrauen setzte.

So blieb das junge Mädchen eine Stunde lang in ihre aufgeregten Gedanken vertieft. Sie ward durch einen Diener aus ihren Träumen geweckt, der ihr meldete daß Mr. Whitney im Salon wäre.

Ihr erstes Gefühl war ein freudiges Zittern, wie sie es schon lange jedes Mal bei seiner Ankunft empfand, ohne daß sie sich davon Rechenschaft geben konnte.

Ihre zweite Empfindung war eine schüchterne und mißtrauische Zurückhaltung, wie ihre offene und freie Natur sie nie gefühlt. Sie ging hinunter, aber nicht, wie gewöhnlich, mit der Leichtigkeit einer Gazelle und fröhlichem Lächeln auf ihren Lippen und in ihren Augen. Nein, ihr Gang war schleppend und ihre Augen wurden von ihren weißen Augenlidern und schwarzen Wimpern beschattet.

Sie trat so leise in den Salon, daß Mr. Whitney sie anfangs gar nicht bemerkte. Er stand nahe am Fenster und blätterte in mehren Albums, die auf einem Marmortische lagen. Das Licht, welches auf ihn fiel, ward durch die reichen Falten eines Damastvorhanges gedämpft, der von dem Fenster herabwallte, so daß es seinen Zügen, die von äußerst regelmäßiger und klassischer Schönheit waren, die Härte des Marmors verlieh, und ohne den Schimmer von Leben, den man auf seinem vollen, langgelockten Haar bemerken konnte, hätte man seinen Kopf für den einer antiquen Statue halten können. Zu seinen männlichen Zügen gesellte sich eine über das gewöhnliche Maaß hinausgehende Gestalt, die athletisch, musculös, und dabei doch anmuthig und geschmeidig war.

Mora. 9

So lange er sich allein glaubte, bewahrte der junge Whitney einen Ausdruck von Ruhe und Heiterkeit in seinen Zügen, sobald er aber den Kopf erhob und das junge, schöne Mädchen zögernd an der Thür stehen sah, veränderte sich sein Gesicht vollständig.

Eine plötzliche Lebhaftigkeit erhellte seine Züge und er ging mit der warmen Herzlichkeit auf Myra zu, welche diese bis auf diesen Tag durch ihr offenes Entgegenkommen gerechtfertigt hatte.

Sie zögerte, ihm die Hand zu reichen, und als sie dieselbe in die des jungen Mannes legte, zitterte sie wie ein Espenlaub. Whitney betrachtete aufmerksam ihr Gesicht, welches die Farbe wechselte, und führte sie auf einen Sitz. Er selbst war die Beute aller der lebhaften Besorgnisse, welche Myra's ungewohnte Zurückhaltung ihm einflößen mußte.

Beide wechselten einige gewöhnliche Redensarten, worauf sie still und nachdenklich wurden. Endlich erzählte Myra, daß ihr Vater an diesem Morgen nach Hause zurückgekehrt sei, und dabei erröthete sie, als ob der junge Mann das Gespräch hätte errathen können, welches sie mit ihrem Vater gehabt und welches ihr so viel Kummer verursacht hatte.

Eine unbestimmte Ahnung der Wahrheit durchkreuzte augenscheinlich das Gemüth des jungen Mannes, denn zum zweiten Male blickte er Myra lange und durchdringend an, so daß sie bis zu den Schläfen dunkelroth ward, und als Whitney den Blick wegwandte, spielte ein fast unbemerkbares Lächeln um seine Lippen.

„Es ist," sagte er mit einem leichten Seufzer, „nun schon über zwei Monate, daß ich nach Philadelphia gekommen bin. Während dieser Zeit hat mich Ihre liebe Mutter wie einen Gast bei sich aufgenommen. Vielleicht hätte ich diese Gastfreundschaft nicht annehmen sollen, ohne vorher Mistreß Davis zu überzeugen, daß ich derselben nicht unwürdig wäre, aber es erschien mir so süß, aus freiem Vertrauen angenommen zu werden, so schmeichelhaft, um meiner selbst willen geschätzt zu werden, daß ich die Forderungen der Welt ganz und gar vergessen habe. Ich hätte Mistreß Davis schon lange überzeugen sollen, daß sie ihre Güte an keinen Intriguanten verschwendet."

„Einen Intriguanten!" rief Myra mit einem Lächeln, welches deutlich sagte, wie sehr es ihr in ihrem Innern unmöglich war, einen Verdacht gegen ihn zu hegen.

„Wenn man mich nun aber für einen solchen hielte?" fügte Whitney hinzu, indem er ihr Lächeln erwiderte.

„Ich würde es nicht glauben, ich werde überhaupt nie etwas Schlechtes von Ihnen glauben, so lange Ihre Lippen selbst es nicht bestätigen," erwiderte das großmüthige junge Mädchen.

Eine hohe Röthe überzog Whitney's Gesicht. In seinen Augen lag Etwas, was Myra's Verlegenheit vermehrte, aber er erwiderte nur mit dumpfer, hastiger Stimme:

„Ich danke Ihnen ... Ich danke Ihnen von ganzer Seele für dieses Vertrauen."

Dann zog er, nachdem er einen Augenblick gezögert, mehre Briefe aus seiner Tasche, die er dem jungen Mädchen gab. Myra las sie, näherte sich dem Fenster und halb hinter dem Vorhang verborgen, begann sie zu lesen.

Sie freute sich, im Dunkeln zu stehen, denn sie fürchtete, daß das heftige Klopfen ihres Herzens bemerkbar werden könnte.

Die Briefe waren von mehren hervorragenden Persönlichkeiten geschrieben, lauter Männern, deren Namen Myra vertraut geworden waren, weil sie dieselben oft in den Journalen gelesen. Man konnte nichts Befriedigenderes wünschen, als die Zeugnisse dieser Männer über das Verdienst, das Talent und die Stellung des jungen Whitney.

Myra las diese Briefe mit einem triumphirenden und stolzen Gefühl. Ihr Vertrauen in Whitney war nicht getäuscht worden. Nie hatte sie weniger von ihm erwartet und jetzt hielt sie unwiderlegliche Beweise in der Hand, welche jeden Verdacht, den ihr Vater je hatte hegen können, vernichten sollten. Ein Verdienst, welches von den hervorragendsten und unbescholtensten Männern bezeugt ward, konnte nicht länger Gegenstand eines Streites sein.

Myra drehte sich nach Mr. Whitney herum. Die großmüthige Begeisterung, die sich ihrer bemächtigt, leuchtete aus jedem Zuge ihres liebenswürdigen Gesichts, welches noch merkwürdiger durch den lebhaften und strahlenden Ausdruck gemacht ward, den man so selten in einem Menschenantlitz findet.

„Mr. Whitney, darf ich diese Briefe eine Zeit lang behalten? Mein Vater würde sich sehr freuen, dieselben zu sehen.

Myra's Gestalt war klein und schlank, so daß sie einer reizenden Fee glich. Jetzt, wo sie so mit den Briefen in der Hand vor ihm stand und die Augen, ihre glänzenden Augen, in denen sich jedes Gefühl ihres Herzens spiegelte, zu ihm aufschlug, konnte man sich keinen schönern Gegensatz zu der hohen Gestalt des jungen Mannes denken.

„Gewiß; thuen Sie damit, was Ihnen gut dünkt," sagte er, „aber lassen Sie Ihren Vater nicht glauben, daß ich diese Briefe zeige, um zu prahlen."

„O, Das wird er nicht denken," sagte Myra, indem sie ihm die Hand reichte, denn Whitney machte sich zum Gehen fertig; „er wird nur Edles und Gutes von Ihnen denken, dessen bin ich gewiß."

„Also morgen, morgen werde ich die Briefe wieder holen."

„Ja, morgen," erwiderte Myra.

Und während ein Diener Mr. Whitney bis zur Thür begleitete, begab sie sich in das Cabinet ihres Vaters.

Mr. Davis saß an seinem Bureau und las in

einigen Papieren. Als er Myra eintreten sah, erhob er den Blick und lächelte sie liebevoll an.

„Welchen Besuch hast Du soeben empfangen?" fragte er, indem er ein Journal zusammenfaltete. „Habe ich nicht eben Jemanden fortgehen hören?"

„Ja, Papa, es war Mr. Whitney.

Mr. Davis warf das Journal, welches er in der Hand hielt, auf das Bureau und seine Stirn verfinsterte sich.

„Wieder Mr. Whitney! Habe ich Dir denn nicht gesagt, Myra, daß ein Mann, dessen Stellung im Leben ich durchaus nicht kenne, nicht bei mir Zutritt haben könne? Wie kannst Du einen Menschen empfangen, der Dir völlig unbekannt ist?"

„Aber, Papa, ich kenne ihn jetzt und Du kannst ihn auch kennen lernen. Du brauchst nur diese Briefe zu lesen, und Du wirst sehen, daß seine Familie eben so gut wie die unsrige ist. Sein Ruf ist untadelhaft und Du wirst an den Verbindungen, die er geknüpft hat, sehen, welche Stellung im Leben er einnimmt."

Mr. Davis nahm die Briefe sehr kalt entgegen und ohne weiter ein Wort zu sagen, begann er sie zu lesen.

Mit klopfendem Herzen beobachtete Myra sein Gesicht.

Seine Stirn aber blieb düster und der Mund verlor nichts von seinem harten Ausdruck. Mr. Davis las die Briefe ruhig durch, legte einen auf den andern, drückte die Hand auf das Packet, drehte sich nach seiner Tochter herum und sagte:

„Welche Beweise haben wir denn, daß diese Briefe nicht gefälscht sind?"

Myra's Herz schwoll vor Entrüstung, sie konnte kaum die Kraft finden, zu antworten. Es schien, als ob ihr Vater entschlossen wäre, keinen Beweis zu Gunsten dieses Mannes gelten zu lassen, von dem er einmal eine schlechte Meinung gefaßt — eine Meinung, die Myra bei ihrer geraden Natur für unbegründet und mehr als ungerecht hielt.

„Ist die Schrift, sind die Unterschriften nicht ächt? Sind sie nicht genügend?"

Mr. Davis nahm einen der Briefe und prüfte den= selben aufmerksam.

Die Briefe können ächt sein, aber wer sagt uns, ob der junge Mann sie auf ehrenwerthe Weise erlangt habe? kurz, wer sagt uns, daß er wirklich Whitney heißt und die Person ist, für die er sich ausgiebt?"

„O Papa, Das ist zuviel! Sprich ihn selbst und Du wirst sehen, ob man ihn in Verdacht haben kann, diese Briefe auf unrechtem Wege erlangt zu haben."

Myra ward bleich und während sie sprach, flossen Thränen aus ihren Augen.

Mr. Davis blickte sie einen Augenblick lang an, dann legte er die Briefe in sein Bureau und schloß dasselbe zu.

Myra erwartete eine Antwort auf ihre Bitte, aber kalt nahm ihr Vater das Journal, das er bei ihrem Eintritt gelesen, wieder zur Hand und schien den Ge=

genstand des Gesprächs aus seinen Gedanken verbannen
zu wollen.

Mit kummervollem Herzen begab sich Myra auf ihr
Zimmer. Sie fühlte sich durch die Kälte ihres Vaters
abgestoßen und verletzt, vielleicht auch fühlte sie sich in
Bezug auf Whitney in ihrem Herzen enttäuscht.

In dem leichten Geheimniß, in welches er sich bis
zu diesem Tage gehüllt, hatte Myra Nahrung für ihre
glühende Einbildungskraft gefunden. Mit der Groß-
müthigkeit der Jugend hatte sie gehofft, einem der
seltenen Genies begegnet zu sein, die mit den Schwierigkeiten der Armuth und einer niedrigen Herkunft
kämpfen, um eine moralische und intelectuelle Ueber-
legenheit zu erlangen, die Myra über Alles schätzte
und die Whitney, wie sie gewiß hoffte, auch erreichen
würde.

Vielleicht hatte sie in den Träumen, die sie seit
einiger Zeit umgaukelten, einen unbestimmten Plan ent-
worfen, seiner Armuth ein Ende zu machen und mit
ihm das Vermögen zu theilen, welches sie eines Tages
als Erbin ihres Vaters besitzen würde. Gewiß ist, daß
sich in die Traurigkeit, welche die deutliche Mißbilligung
ihres Vaters in ihr erweckt, ein Gefühl des Bedauerns
mischte. Es schmerzte sie, erfahren zu haben, daß selbst
als Freund — denn weiter war sie in ihren Gedanken
nie gegangen — Whitney seiner Stellung in der Welt
gemäß, nie ein Opfer von ihr verlangen würde.

Am folgenden Morgen kam Whitney. Er wollte

Abschied nehmen. Er war im Begriffe, in seine Heimath zu reisen, und hatte nur einen Augenblick für seine Freunde, um ihnen Lebewohl zu sagen, und ihnen für die Güte zu danken, deren er sich stets dankbar erinnern würde. In wenigen Monaten, ja vielleicht in einigen Wochen, wollte er nach Philadelphia zurückkehren, und dann sollte seine schönste Hoffnung die sein, die Beziehungen zu erneuern, die er daselbst angeknüpft.

Myra hörte Alles mit der ruhigen, milden Würde, welche durch ihre Ueberraschung nicht vollständig in den Hintergrund gedrängt werden konnte. Sie sah, daß Whitney aufgeregt war, daß er nicht mit der Gleichgültigkeit eines gewöhnlichen Bekannten Abschied nahm, und mit der starken Zuversicht, die wahre Liebe dem Herzen verleihet, richteten sich Myra's Gedanken auf die Zukunft.

Einige abgebrochene Phrasen wurden zwischen den jungen Leuten gewechselt, und dann begab sich Myra zu ihrem Vater, um ihn um die Briefe zu bitten, die er am Tage vorher in sein Bureau geschlossen hatte.

„Ich werde ihm die Briefe selbst geben," erwiderte Mr. Davis, als er ihre Bitte vernommen hatte.

Als Myra wieder in den Salon trat, war sie bleich und aufgeregt. Es lag Etwas in dem Benehmen ihres Vaters, was sie mit einer unbestimmten Besorgniß erfüllte.

Einige Augenblicke verflossen, dann hörte Myra ge-

messene Schritte, die ihr Herz schneller klopfen machten.
Die Schritte näherten sich der Salonthür. Diese öffnete sich und Mr. Davis trat mit den Briefen in der
Hand, und mit kalter, imponirender Höflichkeit ein.
Er schritt auf Mr. Whitney zu, der, nachdem er sich
bei seinem Eintritt erhoben, seinen Platz wieder einnahm.

„Mein Herr," sagte er ernst, indem er einen Sessel
nahm und sich dem jungen Manne gegenüber setzte,
„hier sind die Briefe, die mir zu zeigen, Sie mir die
Ehre erwiesen haben. Dieselben sind vollkommen be-
friedigend."

Es lag etwas Eisiges und Stolzes in dem gemes-
senen Tone und der steifen Höflichkeit, mit welcher diese
Worte gesprochen wurden, daß sie an eine Beleidigung
streiften, ohne daß man sie jedoch als solche rügen
konnte.

Whitney, dessen Stirn sich färbte, nahm die Briefe
und sagte:

„Ich hoffe, daß weder in diesen Briefen, noch in
der Weise, mit welcher sie übergeben worden sind,
etwas Beleidigendes für Sie gelegen hat."

Ehe Mr. Davis antwortete, blickte er nach Myra
hin, die bleich und erschreckt in der Sophaecke saß, und
gab ihr ein Zeichen, das Zimmer zu verlassen.

Das junge Mädchen, welches an allen Gliedern
zitterte, erhob sich und verließ den Salon. Als sie

auf der Schwelle stand und allen ihren Muth zusammenraffte, um sich zu entfernen, hörte sie, wie ihr
Vater sagte:

„Darf ich fragen, Sir, warum Sie diese Briefe
meiner Tochter gegeben haben?"

Whitney antwortete mit leiser, aber fester Stimme:

„Ich bin während der letzten beiden Monate von
Ihrer Familie sehr freundlich aufgenommen worden,
Sir, und ich konnte diese Stadt nicht eher verlassen,
wie ich eben im Begriffe bin, es zu thun, ohne Mistreß
Davis und Ihrer Tochter, nicht alle mir zu Gebote
stehenden Beweise zu geben, daß sie ihre Gastfreundschaft nicht an einen Unwürdigen verschwendet haben."

„Und war Dies Ihr einziger Beweggrund, Sir?"

„Ja, mein einziger."

„Und haben Sie nicht die Absicht gehabt, sich mit
meiner Tochter auf gleichen Fuß zu stellen? Haben
Sie ihre Jugend und meine Abwesenheit nicht benutzt,
um sich bei ihr beliebt zu machen? Mit einem Worte,
haben Sie die Gastfreundschaft nicht gemißbraucht, die
meine Gattin Ihnen erwiesen, und haben Sie nicht
Ihre Augen zu meiner Tochter erhoben, alles Dinge,
die ihre Familie nie dulden würde?"

„Nein, Sir, so vermessen bin ich nicht gewesen."

Mehr hörte Myra nicht. Ein lebhaftes Gefühl
der Demüthigung, tausend verworrene Gedanken schos-
sen ihr durch den Kopf, und ihr Herz empfand einen
Schmerz, wie sie ihn bisher niemals gefühlt. Sie

stürzte die Treppe hinauf. Bleich und außer Athem kam sie oben an, machte eine Anstrengung, sich am Geländer festzuhalten, und sank zum ersten Male in ihrem Leben ohnmächtig auf den Boden nieder.

Die Gedanken, welche ihr durch den Kopf schwirrten, als sie wieder aus ihrer Ohnmacht erwachte und das sanfte Antliß ihrer Mutter, die sich über sie beugte, sah, waren allerdings voll Bitterkeit und Demüthigung. Sie besaß ein stolzes und empfindliches Gemüth, und es schien ihr, als ob ihre Würde auf nicht wieder gut zu machende Weise beleidigt worden wäre.

Nie in ihrem ganzen Leben hatte der junge Whitney ihr ein Wort von Liebe gesagt; nie hatte sich in ihre Gedanken Leidenschaft gemischt. Jeßt aber fühlten sie, daß in der That etwas Stärkeres und Mächtigeres, als einfache Freundschaft, ihr Blut bewegt und sie mit Schrecken erfüllt hatte, als sie hörte, wie man ihm Gefühle und Hoffnungen schuld gab, die er niemals ausgesprochen und an die er vielleicht niemals gedacht hatte. Die Kenntniß ihres Herzens, welche das junge Mädchen so plößlich erhielt, erhöhete nur ihren Schmerz, weil sie dadurch an ihren verleßten Stolz erinnert ward, und vier Tage lang vermochten nicht einmal die emsigen und zärtlichen Bemühungen ihrer Mutter, sie zu trösten.

Unter der Herrschaft solcher Gefühle verließ Mr. Davis sein Kind, um zu seinen gesetzgeberischen Arbeiten zurückzukehren.

Gleich am nächsten Morgen nach seiner Abreise, erhielt Myra einen Brief, einen Brief von dem Manne, der jetzt alle ihre Gedanken beschäftigte. Sie erbrach das Siegel in Gegenwart ihrer Mutter, und während sie las, klopfte ihr das Herz, und auf ihren bleichen Wangen zeigten sich wieder die Farben des Lebens.

„Ohne die harten Worte Ihres Vaters, würde ich es nicht gewagt haben, so mit Ihnen zu reden," lautete der Brief, „aber so rauh und kalt seine Worte auch waren, so lag doch in denselben Etwas, was eine Hoffnung belebte, die ich schon lange in meinem Herzen nährte, — die Hoffnung, daß Sie meiner tiefen Liebe zu Ihnen Gehör schenken würden. Sagen Sie mir nur, daß diese demüthige und schüchterne Hoffnung, Ihnen nicht zu vermessen erscheint, und gewiß werden Mittel und Wege zu finden sein, um das Vorurtheil Ihres Vaters gegen mich zu beseitigen."

Myra liebte, sie ward geliebt. Die Last, welche auf ihrem Stolze gelegen, ward durch diesen Brief zertheilt, wie die Wolken durch die Sonnenstrahlen. Myra war jetzt freudig und hoffnungsvoll. Ihr erleichtertes Herz schüttelte den Schmerz ab, der es bedrückt hatte, wie eine wilde Blume den Thau abschüttelt, der ihre Staubfäden benetzt.

Sie beantwortete Whitney's Brief. Als sie zum ersten Male an den Mann schrieb, der sie liebte, verschleierte sie unter einer bescheidenen und schüchternen Zurückhaltung, die Liebe, welche ihr Herz bewegte.

Ihre sanfte und nachsichtige Mutter war die Vertraute
alles ihres Glückes und aller ihrer Liebe.

„Wir wollen hoffen, mein Kind,“ sagte sie. „Wenn
Dein Vater ihn so schätzen wird wie wir, und wenn
er erfährt, daß Du ihn von ganzem Herzen liebst, so
wird sein Zorn sich besänftigen. Wir brauchen weiter
Nichts zu thun, als zu warten.“

Beide warteten, und inzwischen wechselten Myra
und Whitney Briefe, die durch nur immer festere Bande
diese beiden jungen Herzen an einander fesselten.

Endlich kehrte Mr. Davis nach Philadelphia zurück.
und bald erfuhr man den wahren Grund seines Wi-
derwillens gegen Whitney. Myra war nämlich einem
Anderen zur Gattin bestimmt, und Vermögen, Rang,
kurz Alles, was die Einwilligung eines stolzen Mannes gewinnen konnte, besaß Derjenige, den Mr. Davis
zu Myra's Gatten gewählt hatte.

Gleich noch an dem Tage, an welchen Mr. Davis
nach Hause zurückgekehrt war, theilte er dem jungen
Mädchen seine Wünsche und Absichten mit.

„Du wirst einmal ein großes Vermögen erhalten,
mein Kind,“ sagte er, „und es giebt wenig Frauen in
Amerika, die ihrem Gatten eine so schöne Mitgift bringen werden.“

„Vater,“ erwiderte Myra, und es war wunderbar
zu sehen, welche Festigkeit und welche Sanftmuth das
junge Mädchen zu bewahren wußte, denn sie kannte
recht wohl die mächtigen Interessen, gegen die sie mit

ihrer schwachen Kraft kämpfen mußte, „Vater, ich
kann mich nicht mit diesem Manne vermählen. Ich
liebe ihn nicht und niemals werde ich die Sünde be-
gehen, mich mit einem Manne zu vermählen, für den
ich keine Liebe empfinde.“

Das junge Mädchen war sehr bleich, aber in ihrem
Auge lag eine Entschlossenheit, welche bewies, welche
Kraft des Widerstandes sie aus der Reinheit ihrer Liebe
schöpfte. Sie hielt inne, holte tief Athem, und während ihr Vater sie stumm vor Erstaunen anblickte, fuhr
sie fort:

„Ich werde mich nie mit einem Anderen, als mit
Mr. Whitney vermählen, denn so lange er lebt, kann
ich keinen Anderen lieben.“

Als Myra Dies gesagt, ergriff sie nervöses Zittern,
denn es lag etwas Furchtbares und Wildes in dem
Zorn ihres Vaters, der bleich wie eine Leiche einige
Augenblicke lang stumm und unbeweglich vor ihr stand.
Endlich öffneten sich seine Lippen und seine Augen
flammten.

„Whitney! ... den Undankbaren, den Betrüger,
den liebst Du! Du würdest ihn ohne meine Einwilligung heirathen?“

„Nein, Papa, ich werde nie Jemanden ohne Deine
Einwilligung heirathen!“ erwiderte Myra, die in Thränen zerfloß, denn ihre Kräfte verließen sie und sie vermochte nicht dem Zorn ihres Vaters gegenüber ruhig
zu stehen. „Ich kann unvermählt bleiben und werde

es thun, wenn Du es wünschest, aber es wäre Sünde, wenn ich bei den Gefühlen, die ich für Mr. Whitney empfinde, an einen Anderen denken wollte."

Mr. Davis betrachtete das bleiche, aufgeregte Gesicht seiner Tochter, während sie sprach, auf seinem Gesicht aber zeigte sich keine Spur von Betrübniß. Zorn, Verachtung und tausend wilde Leidenschaften konnte man in seinem bleichen Gesicht lesen und mit dem Ausdruck tiefer Verachtung erwiderte er:

„Und dieser Mann hat, wie Du mir gesagt hast, nie in seinem Leben Dir auch nur ein Wort von Liebe gesagt?"

Myra stand im Begriffe, den Briefwechsel, der zwischen ihr und Whitney stattgefunden, zu gestehen, denn in den Vorwürfen dieses stolzen Mannes lag Etwas, was sie im tiefsten Herzen verwundete, als sie aber an ihre Mutter dachte, an diese entsagungsvolle Mutter, die, indem sie diese Correspondenz ihres Kindes gestattete, sich großmüthig dem Zorn ihres Gatten ausgesetzt hatte, hielt sie an sich und erwiderte einfach:

„Ich kann keinen Anderen lieben, Papa!"

Mr. Davis drehte sich herum und maß das Zimmer mit großen Schritten. Seine Lippen waren fest zusammengekniffen, und nicht zu dämpfender Zorn kochte in seinem Blute.

„Gott sei Dank," rief er, indem er sich wüthend nach dem erschreckten Mädchen herumwandte, „Gott sei

Dank, daß kein einziger Tropfen meines Blutes in Deinen Adern fließt!"

„Papa! ... Papa! ... Das ist furchtbar! Warum sagst Du in Deinem Zorne gegen mich Dinge, die so grausam und unbegründet sind?" rief Myra, indem sie sich erhob und auf ihren Vater zuging.

„Unbegründet! ... Es ist wahr, Myra. Ich sage Dir, es ist wahr. Du bist nicht mein Kind!"

Sie glaubte es nicht! Wie hätte das arme Kind es auch glauben sollen, nachdem so viele glückliche Jahre die Bande geflochten, die sie an ihren vermeintlichen Vater knüpften. Ein einziges Wort konnte diese Bande nicht so schnell zerreißen, aber schon bei dem Gedanken daran, ward sie bleich wie der Tod, und jeder Nerv ihres zarten Körpers begann zu zucken. Ein vorwurfs- volles Lächeln glitt über ihre Lippen, und sie stützte sich mit der Hand auf den kräftigen Arm ihres Vaters.

„O Vater, ich begreife, daß Du mir zürnst, aber Das ist zu viel! Du tödtest mich, wenn Du es noch ein Mal sagst."

Mr. Davis drehte sich um. Der Zorn beherrschte ihn noch vollständig, so daß er weder mit der Todten- blässe, noch den Qualen Myra's Mitleid hatte.

„Es ist so wahr, wie ein Himmel über uns ist. Du bist nicht mein Kind. Ich kann es beweisen. Ich habe die Papiere, die ich Dir zeigen werde."

Ein schwacher Schrei entschlüpfte Myra's Lippen. Sie trat einige Schritte zurück und sank auf einen

Stuhl. Ihre fahlen Augen blickten diesen starrsinnigen Mann an, als ob sie in seinen zornigen Zügen eine Widerlegung der grausamen Worte suchten, die er soeben gesprochen. Allein sie sah Nichts darin, was die Zweifel hätte zerstreuen können, die ihr Herz bewegten. „Du bist nicht mein Vater? ... Mama ist nicht meine Mutter? ...“ murmelte sie.

Und dabei rannen Thränen über ihre bleichen Wangen. Hierauf faltete sie plötzlich die Hände und erhob sich.

„Dann sage mir, wessen Kind ich bin?“

Mr. Davis setzte sich. Das Feuer seines Zornes verlöschte schnell in seinem Herzen, und er konnte es nicht mehr ertragen. Gewissensbisse und Vorwürfe bemächtigte sich seiner. Liebe, Mitleiden, alle zärtlichen Gefühle, die er so lange für das junge Mädchen empfunden hatte, nahmen wieder Besitz von seinem Herzen.

Er hätte Alles in der Welt darum gegeben, hätte er diese zehn Minuten aus seinem Leben streichen können, wo er in einer wilden Anwandelung von Zorn das Geheimniß enthüllt, welches er seit Jahren bewahrt hatte.

Er richtete einen fast flehenden Blick auf das zitternde, junge Mädchen. Seine stolzen Lippen zuckten, und seine Hand zitterte auf seinem Knie.

Myra stürzte mit gebrochenem Herzen, von einem Schmerze darniedergebeugt, wie sie bis dahin ihn sich zu denken nicht vermocht hatte, auf ihn zu. Sie legte die Hand auf seine Schulter und neigte ihr Gesicht zu

dem seinigen, wie sie es in den Tagen ihrer Kindheit
gethan hatte, wenn irgend ein kleiner Kummer sie quälte.
Aber ach! wer hätte in ihren verstörten Zügen das
schöne junge Mädchen von ehedem wiedererkannt?

„Vater ... Vater ..." sagte sie mit leiser und fester
Stimme, indem sie ihren Schmerz zu unterdrücken
suchte. „Vater, sage mir, wessen Kind bin ich?"

„Morgen ... morgen! ..." sagte Mr. Davis,
„ich bin unfähig, heute irgend eine Aufregung zu ertragen."

„Ist es aber wahr, das ich nicht Dein Kind bin?"
fragte Myra, die noch da hoffen wollte, wo alle Hoffnung verloren war.

„Es ist wahr," erwiderte er.

Und indem er von seinem Sessel aufstand, begab
er sich mit wankenden Schritten in sein Cabinet.

Einen Augenblick darauf begegnete Mistreß Davis
der armen Myra auf der Treppe. Ein Blick in ihr
Gesicht genügte, um sie zu erschrecken.

„Myra, mein Kind," rief sie, „was ist geschehen?
Du bist ja bleich wie ein Gespennst und zitterst ..."

„Mutter ... Mutter! ..." rief Myra mit einem
durchdringenden Schrei. „Ich habe soeben erfahren,
daß ich nicht Dein Kind bin ..."

Mistreß Davis war wie vom Donner gerührt. Selbst
Marmor hätte nicht kälter und weißer sein können, als
ihr Gesicht wurde.

„Und wer ... hat Dir Das gesagt?" murmelte sie.

„Er selbst hat es mir gesagt … Papa … er hat Beweise dafür. Mutter … Mutter … aus Erbarmen sage mir, daß Dies nicht wahr ist, daß er es nur aus Zorn gesagt hat."

Das junge Mädchen brach in lautes Schluchzen aus und stürzte sich in die Arme ihrer Mutter. Diese zitterte unter der leichten Last dieses zarten Körpers. Sie schloß Myra in ihre Arme und küßte sie tausend Mal mit ihren kalten und zitternden Lippen auf ihre Stirn. Sie suchte durch die Inbrunst und Zärtlichkeit ihrer mütterlichen Liebe Myra's Schmerz zu beruhigen, und sie die traurige Wahrheit vergessen zu machen, die ihr das Herz zerriß, aber sie sagte nicht: „Myra, Du bist wirklich mein Kind!" und diese richtete sich im tiefsten Schmerze aus ihren Armen empor.

Am folgenden Morgen befand sich Myra in dem Cabinet ihres Vaters, denn für sie war Mr. Davis immer noch ihr Vater. Das Bureau war geöffnet und eine riesige Mappe lag auf dem Schreibpulte.

Mr. Davis setzte sich mit gebeugtem Haupte nieder und verbarg sein bekümmertes Gesicht in den Händen. Myra hielt in ihrer Hand einen Brief … einen Brief, der an den Mann gerichtet war, den sie stets für ihren Vater gehalten. Dieser Brief war „Daniel Clark" unterzeichnet. Sie konnte nicht lesen, die Worte tanzten ihr vor den Augen. Sie zeigte mit dem Finger auf die Unterschrift, und sagte mit leiser, gebrochener Stimme:

„Dieser Name ... Daniel Clark ... das war mein Pathe."

„Es war Dein Vater," erwiderte Mr. Davis. „Lies, lies nur selbst ..."

Myra beherrschte ihre Aufregung. Sie las den Brief mit verzweiflungsvoller Entschlossenheit durch. Jedes Wort war ein Beweis, der ihr durch's Herz ging. Sie war die Tochter Daniel Clark's.

———

Sechstes Kapitel.

Die Wahrheit wird offenbart.

Nach und nach und so gut es der Zustand von Myra's erschütterter Gesundheit erlaubte, offenbarte man ihr die volle Wahrheit.

Es war eine traurige, sehr traurige Prüfung, diese kindliche und reine Liebe aus ihrem Herzen zu reißen, die tausend zarten Fibern zu trennen, die seit so langer Zeit in ihrem Herzen keimten und sie so eng mit den Personen verbanden, von welchen sie an Kindesstatt angenommen worden.

Sie liebte sie noch immer, wie es schien, vielleicht noch tiefer als je, aber ihr Herz befand sich in einer steten Aufregung. Ein sonderbares und unerklärliches Gefühl, welches das süße Vertrauen und die Ruhe ihrer Liebe gestört, hatte sich ihrer bemächtigt. Es war nicht mehr die friedvolle und heitere Anhänglichkeit, die sich seit ihrer Kindheit ganz natürlich und ohne Anstrengung entwickelt hatte, gleich wie die wilden Blumen sich auf den Hügeln entfalten, welche die Sonne nur ungern zu verlassen scheint.

In Myra's Liebe mischte sich jetzt ein Gefühl des Schmerzes und der Ungewißheit. In der Geschichte ihrer Eltern fand sie für ihre glühende Phantasie Nahrung von tiefem und traurigem Interesse. Diese Geschichte entrollte sich vor ihr mit allen wechselnden Gestaltungen eines Romanes, der dazu geschaffen war, ihre Phantasie aufzuregen, aber ihr Herz zu betrüben.

Dann kamen andere Gedanken und noch herzzerreißendere Kümmernisse. Wie mußte der Geliebte, der Mann, den sie unter Allen gewählt und mit dem sie, wie sie in ihren Träumen sich vorgenommen, ihr Vermögen theilen wollte, die Kunde ihrer unsichern Stellung aufnehmen? Was mußte er sagen, wenn er erfuhr, daß sie weiter nichts war, als eine vermögenlose Waise. Ach, wie waren doch alle ihre stolzen und großmüthigen Träume zerstört worden!

Und dennoch, zweifelte sie wohl an seiner Liebe und an seiner reinen Uneigennützigkeit? Nein, niemals, auch nicht einen Augenblick lang! Sie wußte, daß Derjenige, den sie mit der ganzen Stärke und der ganzen Reinheit ihres Herzens liebte, ebenso ehrenhaft und ebenso frei von jedem eigennützigen Gefühl war, wie sie selbst.

Sie wußte gewiß, daß er der mitgiftslosen Waise noch mit größerer Hingebung bleiben würde, als der reichen Erbin. Von diesem tiefen Vertrauen erfüllt, schrieb sie an Whitney und theilte ihm Alles mit, was sie erfahren.

„Sie suchten mich," lautete der Brief, „Sie liebten mich, als ich die Erbin eines großen Vermögens, das einzige Kind eines reichen und hochgestellten Mannes war. Plötzlich, als ob ein Donnerschlag den Horizont meines Lebens erschütterte und ein Blitzstrahl die Wahrheit offenbarte, sehe ich, daß ich eine Waise bin.

„Mein Vater war ein braver, vortrefflicher Mann, dessen ich mich nur noch wie einer Vision erinnern kann. Meine Mutter, meine arme Mutter, welche wegen ihres Unglücks ebenso viel Liebe wie Mitleid verdient, meine Mutter lebt noch, aber sie ist von ihrem Kinde durch unüberwindliche Hindernisse getrennt, gegen welche die Anstrengungen der mütterlichen Liebe vergebens angekämpft haben. Ich weiß, daß Daniel Clark, mein Vater, für einen sehr reichen Mann galt, aber man hat mir gesagt, daß er zahlungsunfähig gestorben und daß er in seinem Testament weder seine Gattin noch sein Kind erwähnt. Ich bin eine arme Waise, ich verdanke fremden Personen die Liebe, die mich beschützt hat, den Luxus und die Bequemlichkeit, die mich von der Wiege an umgaben.

„Ich bin nicht mehr Die, welche Sie liebten. Ich bin nicht mehr Die, welche ich noch vor kaum zwei Tagen zu sein glaubte. Kann Myra Clark, die arme Waise, wohl die Treue fordern, die Myra Davis, der reichen Erbin, gelobt worden? Nein, wie alles Andere, überlasse ich auch diese Erinnerung, die theuerste und kostbarste von allen, der Vergangenheit. Sie sind frei — auf ehrenhafte Weise frei und in keinem Falle durch die Treue gebunden, die Sie mir gelobt. Von meinem ganzen vergangenen Leben bleibt mir Nichts, als der einzige Name: „Myra!"

„Es ist dies nur ein Auszug aus Myra's Briefe an Mr. Whitney, aber es genügte, um ihr zartes Ehrgefühl zu befriedigen. Sie gab dem Geliebten die Freiheit wieder, sein Wort und seine Treue zurück.

Uebrigens stand in dem Briefe viel, was ein gefühlvolles Herz, wie das Mr. Whitney's rühren mußte, denn Myra, deren Seele unter dem Druck ihres großen Geheimnisses litt, fand einigen Trost darin, die Gefühle, die sie bewegten, einem Herzen zu schildern, bei dem sie gewiß war, Sympathie zu finden.

Whitney's Antwort ließ nicht lange auf sich warten. Es war nicht die Erbin, nicht der große Name, den er liebte, sondern Myra um ihrer selbst, um ihrer Schönheit, ihres edlen Charakters willen. Wenn sie Waise wäre, schrieb er, so wäre es um so besser, denn er würde ihr Familie, Vermögen und Gesellschaft ersetzen. Ihr Schmerz betrübte ihn, aber er schien sich bei dem Gedanken zu freuen, ihre Liebe mit Niemandem theilen zu müssen. Dies war Whitney's Antwort.

Nun fühlte Myra sich nicht länger vereinsamt und ihre elastische Natur gewann bald ihre Kräfte wieder. Sie war stolz auf diese reine und heilige Liebe, welche im Kampfe nur lebhafter und stärker ward, und dieser edle Stolz belebte ihre Energie von Neuem.

Inmitten einer Landschaft, die sich am oberen Theil der Bai von Delaware ausdehnt, steht ein prachtvolles Haus, dessen imposanter Anblick auf einen antiquen Ursprung hindeutet, dem man selten in diesem Lande begegnet, wo man nur wenige Häuser findet, welche den Verheerungen eines Jahrhunderts widerstanden hätten. Es war ein prachtvolles Landhaus, hoch über der Bai gelegen, und von wo aus man eine der schönsten Aussichten genoß, die in der Umgegend zu finden waren. Rund herum entrollte sich ein malerisches, abwechselndes Panorama.

Einige Strecken waren unbebaut, ja fast wild in ihrer üppigen Vegetation, während man um das Haus herum der höchsten Cultur begegnete. Von jedem Fenster dieser schönen Wohnung aus, entdeckte man eine der langen und zahlreichen Parkanlagen und die schönsten Rasenplätze, die mit den seltensten Sträuchern und den duftendsten Blumen geschmückt waren.

Die Ställe, die Wohnungen der Diener waren in vortrefflichem Zustande und verkündeten bedeutenden Reichthum und einen so auserlesenen Geschmack, wie er selten bei den patriarchalischen Zuständen unsres Landes zu finden ist.

Eine große Veranda nahm die ganze Vorderseite ein und bot eine prachtvolle Aussicht über die Bai und die steilen Felsen in einer Runde von mehren

Meilen. In dem ganzen Staate von Delaware hätte
man zu dieser Zeit nicht eine prächtigere und angeneh-
mere Wohnung finden können.

In diesem Landhause brachte Mr. Davis mit seiner
Familie die Sommermonate zu. Als Myra dasselbe
betrat, empfand sie zum ersten Male in ihrem Leben
ein Gefühl großer Einsamkeit. Dieses schöne Besitzthum
hatte ihr Erbe werden sollen. Im Schatten seiner
Mauern war ihre Kindheit verflossen, sie hatte jeden
Baum und jede Blume lieben gelernt, sie hatte das
Haus als das ihrer Eltern, als ihr Erbe und einst
als das ihrer Kinder betrachtet. Jetzt betrat sie es
traurig und mit einem Gefühl kalter Trostlosigkeit.
So vorübergehend diese trüben Gedanken auch waren,
so waren sie deswegen doch nicht weniger schmerzlich.

Inmitten der Schatten aber, die sie umgaben,
leuchtete ihr ein goldener Sonnenstrahl. Seine Liebe
war ihr geblieben, seine Liebe war fest und rein wie
stets.

Unter der Zahl der Eingeladenen, die mit Mr.
Davis das Landhaus bewohnten, befand sich auch ein
weitläufiger Verwandter mit seiner Gattin und zwei
reizenden Kindern. Dieser Familie offenbarte man das
Geheimniß von Myra's Geburt und zuweilen wendete
sich Myra an die junge Frau, die gut und liebens-
würdig zu sein schien, um sich bei ihr Rath zu holen,
oder ihr Mitgefühl zu suchen. Dieses Vertrauen ließ
aber bei den beiden Gatten neue und persönliche Hoff-

nungen entstehen, die jede aufrichtige Freundschaft zwischen ihnen und dem vertrauensvollen jungen Mädchen verhinderten.

Myra, die jetzt keine Bande des Blutes an die Familie knüpften, von der sie angenommen worden, schien ihnen jetzt ein Hinderniß für die Verwirklichung ihrer eigenen Hoffnungen. Die außerordentliche Anhänglichkeit, welche Mr. Davis und seine engelgleiche Gattin Myra noch erwiesen, schien ihnen ein Eingriff in ihre Rechte, und die Personen, welche bis jetzt der Tochter und Erbin niedrig geschmeichelt hatten, erwiderten das Vertrauen der Waise nur mit Verachtung und List.

So von geheimen Feinden umgeben, von den traurigen Gedanken, welche durch plötzlich vernichtete Illusionen erzeugt werden, niedergebeugt, setzte das junge Mädchen ihr ganzes Leben auf die einzige und süße Hoffnung, die ihr noch blieb, eine Hoffnung, die von Tag zu Tag größer und stärker ward und als einziger Stern an dem dunklen Himmel ihres Lebens strahlte. Die Liebe, die unter anderen Umständen durch weltliche Zerstreuung hätte geschwächt werden können, bildete jetzt das einzige Glück ihres Lebens und ward in ihrer reinen Gluth beinahe erhaben.

Indem Mr. Davis seiner Pflegetochter das Geheimniß ihrer Geburt offenbart, hatte er sie dadurch factisch von allem Kindesgehorsam entbunden, aber die edle Myra wollte diese Freiheit nicht benutzen. Ihr lebhaftester Wunsch war der: Mr. Davis dahin zu bringen, in ihre Vermählung mit dem Manne, den· sie liebte, zu willigen, in die Vereinigung zweier Wesen, die sich ohne Eigennuß liebten, denn Myra wollte Nichts, als die Liebe Derer besitzen, die ihre Kindheit beschützt, und hatte niemals in so fern auf sie gerechnet, daß sie ihr eine reiche Mitgift geben sollten. Das hoffte, das wünschte sie nicht.

Mit der Einwilligung ihrer guten Mutter, denn für sie war Mistreß Davis immer noch Mutter geblieben, hatte Myra ihre Correspondenz mit Mr. Whitney fortgesetzt. Man hatte bestimmt, daß er an Mr. Davis schreiben und diesen fragen sollte, ob er einen Besuch bei ihm abstatten dürfte, denn wenn Myra auch nicht mehr die Rechte eines Kindes besaß, so wollte sie doch die Pflichten eines solchen nicht verläugnen.

Da Mr. Davis glaubte, daß sein unerschütterlicher Widerstand genügen würde, um das Verhältniß zwischen Myra und Whitney zu lösen, so hatte er seinem Plane noch nicht entsagt, das junge Mädchen mit einem Manne zu vermählen, der ihm schon seit mehren Jahren sehr theuer war. Man kann sich also leicht sein Erstaunen und seine Entrüstung vorstellen, als wenige Wochen nach der Ueberfiedelung in das Landhaus er einen ehrfurchtsvollen Brief von Mr. Whitney erhielt.

Dieser Brief kam eines Morgens sehr früh, und als Mr. Davis das Siegel erbrach, befand er sich mit seinem Verwandten, der zugleich sein Gast war, allein. Der Zorn, welcher diesen stolzen Mann bewegte, der rauhe Ausruf, der seinen Lippen entschlüpfte, wurde von Mistreß Davis wahrgenommen, die in diesem Augenblicke durch das Speisezimmer ging. Als sie sah, wie ihr Gatte zornig einen Brief zwischen den Fingern zerknitterte, fürchtete sie, daß das Geheimniß von Myra's Briefwechsel verrathen worden sei, verließ das Zimmer und begab sich schnell zu ihrer Tochter.

„O Myra! Ich fürchte .... ich fürchte, Deinem Vater ist es gelungen, einen von Mr. Whitney's Briefen in die Hände zu bekommen," rief die edelmüthige Dame, auf deren Gesicht die Unruhe sich ausprägte, welche sie empfand.

Myra ward etwas bleicher, als sie gewöhnlich war, denn sie wußte wohl, wie schrecklich es war, sich dem Zorne ihres Vaters entgegenzustellen. Nach einem Augenblick aber gewann sie ihren natürlichen Muth wieder, und mit einer gewissen Festigkeit erwiderte sie:

„Liebe Mama, sieh nicht so erschreckt aus. Laß seinen ganzen Zorn mich treffen. Setze Dich dort nieder. An Deiner Blässe würde er sehen, daß Du von diesen Briefen weißt."

Mistreß Davis sank auf einen Stuhl und bemühte sich, ein wenig ruhiger zu werden. Myra begab sich in den unten gelegenen Salon. Sie war bleich; dennoch aber nahm sie alle ihre Kräfte zusammen, um die Vorwürfe, an denen es nicht fehlen konnte, mit Würde hinzunehmen."

„Hier, mein Fräulein," sagte Mr. Davis, als

Myra in den Salon trat, „hier ist wieder ein Brief von diesem Whitney, ein an mich adressirter Brief. Er bittet um die Erlaubniß, Sie besuchen zu dürfen."

Myra athmete freier auf. In ihrer Aufregung hatte sie vergessen, daß dieser Brief in jedem Augenblicke kommen konnte, und sobald sie sah, daß der Zorn ihres Vaters keiner anderen Quelle entsprungen sei, war sie bereit, demselben entgegen zu treten.

„Gut, Papa. Und Du antwortest, nicht wahr?" sagte sanft das junge Mädchen, dessen Stimme noch etwas zitterte.

„Ja, ich werde antworten," erwiderte Mr. Davis zornig. „Ich werde ihm antworten, wie seine Vermessenheit es verdient."

„Gewiß .... gewiß, Papa, wirst Du nicht vergessen, daß Mr. Whitney ein Gentleman ist, und daß er verdient, mit Höflichkeit behandelt zu werden."

„Ich werde Nichts vergessen," erwiderte Mr. Davis kurz.

Und ohne eine weitere Erklärung verließ er das Zimmer. Eine halbe Stunde später ritt ein alter Neger nach Wilmington, der in seiner Tasche die Antwort auf Mr. Whitney's Brief trug. Man hätte leicht an der eilig geschriebenen, mit Tinte beschmutzten Adresse, den Inhalt des Briefes errathen können, wenn er nicht schon mit schwarzen Buchstaben auf der zornigen Stirn von Mr. Davis geschrieben gestanden hätte, als er noch an demselben Morgen seinen Platz am Frühstückstische einnahm.

Einige Tage vergingen, Tage der qualvollsten Angst für Myra und ihre vortreffliche Mutter. Dann ward das junge Mädchen noch einmal zu Mr. Davis gerufen. Er war bleich vor Zorn. Nie hatte sie eine heftigere und furchtbarere Wuth in seinen schönen Zügen gesehen. Seine Hände zerknitterten einen Brief und seine Finger drückten krampfhaft das Papier zusammen, während er so zu dem zitternden jungen Mädchen sprach:

„Zwei Mal ...., zwei Mal bin ich in meinem Leben beschimpft worden, Myra, ein Mal von Deinem Vater, heute durch Deinen Geliebten. Er kommt hierher. Er wird in einigen Tagen in Wilmington sein. Er mag nur kommen! So wahr ich aber lebe, Myra, er soll nicht lebend von hier fortkommen. Ich werde ihn für diesen Schimpf züchtigen!"

„O Vater! ...." Dies war Alles, was die arme Myra zu sagen vermochte.

„Wenn er ein Gentleman ist, so wird er mir als Gentleman antworten; wenn er aber das ist, wofür ich ihn halte, so werde ich seine Unverschämtheit züchtigen, wie ich die eines meiner Untergebenen züchtigen würde. Wenn wir ein Duell haben, so kann nur einer von uns Beiden lebend hervorgehen!"

Myra zitterte, ihre bleichen Lippen vermochten die Worte nicht auszusprechen, die sich in ihren Gedanken drängten. Unbeweglich wie eine Statue, mit verschlungenen Händen stand sie vor dem zornigen Manne. Endlich fand sie so viel Kraft, um die Worte hervorzubringen:

„Vater, Du wirst Mr. Whitney doch nicht zum Zweikampf fordern! Das wäre schrecklich .... das würde mich tödten."

„Wenn er mir in Schußweite kommt, wenn er nur in der Nachbarschaft sich blicken zu lassen wagt, so wird er dies mit seinem oder meinem Leben bezahlen," sagte Mr. Davis kalt.

Myra entfernte sich zitternd und mit gebrochenem Herzen. Sie wußte, daß dies weder eine leere Drohung, noch der Ausbruch eines heftigen Zornes war, der vielleicht binnen einer Stunde vorüber wäre. Ihr Geliebter wollte in einigen Tagen in Wilmington sein, und die Anzeige seiner Ankunft, die er in höflichen, aber festen Worten geschrieben, hatte Mr. Davis in solche Wuth versetzt.

„Mutter .... Mutter! .... er wird es nicht thun. Nein, es ist unmöglich, er wird Mr. Whitney nicht fordern!" rief die arme erschreckte Myra, indem sie sich Mistreß Davis in die Arme warf, die in dem Zimmer ihrer Tochter geblieben war, um den ersten Zornesausbruch ihres Gatten vorübergehen zu lassen.

„Ach! Ich fürchte es. Er glaubt, man habe ihm getrotzt und ihn beschimpft," sagte die vortreffliche Frau, indem sie bitterlich weinte. „O Myra, warum haben

Myra.   11

wir Whitney erlaubt, zu schreiben .... warum haben wir ihm gestattet, hierher zu kommen!"

„Warum .... warum .... ja wirklich, wenn er hier den Tod finden soll!" rief das arme junge Mädchen, indem sie die Hände rang. „Mutter, Das kann aber nicht sein .... Papa wird sich beruhigen."

Mistreß Davis schüttelte den Kopf.

„Nein, mein armes Kind, nein; er glaubt sich in seiner Ehre und Autorität gekränkt."

„O, was sollen wir thun .... was sollen wir thun!"

Sein Zorn ist so schrecklich.... Wenn Du diesem Manne nur entsagen könntest! Wenn Du Das nur könntest, mein Kind!"

Myra entwandt sich den Armen ihrer Mutter. Ihre zarte Gestalt schien sich zu strecken und mit großer Anstrengung empor zu richten. Die Thränen blieben an ihren Wimpern hängen und sie preßte die Lippen fest auf einander. Die Gedanken, welche sich in ihrem sanften Gesicht malten, waren schnell und schmerzlich. Sie schien kaum zu athmen, so schwer war der Kampf der in ihrem Herzen stattfand.

„Mutter," sagte sie mit leiser, gebrochener Stimme, so leise, daß es nur ein Flüstern war, „Mutter, ich werde ihn vergessen, wenn es geschehen muß, um sein Leben, oder das Deines Gatten zu retten. Ich werde ihn vergessen!"

Während die unglückliche Mistreß Davis betäubt

vor Erstaunen über die eigenthümliche Ruhe, mit welcher diese Worte gesprochen worden, dastand, ging Myra wieder hinunter und zu ihrem Vater. Sie war ruhig und entschlossen, aber sehr traurig, als sie sagte:

„Vater, ich liebe den Mann, den Du fordern, den Du bis zum Aeußersten treiben willst, um seinen Tod herbeizuführen. Nie wirst Du glauben, mit welcher Innigkeit, mit welcher Hingabe ich ihn liebe, denn sonst wäre dieser Schmerz mir erspart geblieben. Vater, Du weißt, daß Whitney kommen muß, daß er sich bereits auf dem Wege befindet, so daß ich keine Macht mehr habe, Das zu verhindern, was Dich so beleidigt. Laß ihn kommen, laß ihn in Frieden wieder gehen und ich gebe Dir mein Ehrenwort, daß ich nie in meinem Leben wieder mit ihm sprechen will. Vater, ich entsage ihm, aber nur, um sein oder Dein Leben dadurch zu retten!"

Myra schwieg. Die Worte, die sie soeben gesprochen, hatte sie schnell und fest gesagt, ihre bleichen Lippen aber, der tiefe Kummer, der ihre Augen umschleierte und ihnen einen rührenderen Ausdruck verlieh, als wenn sie von Thränen erfüllt gewesen wären, offenbarten den ganzen Heldenmuth ihres Opfers. Man sah, daß sie, um ein Menschenleben zu retten, Alles aufgegeben hatte, was ihr ganzes eigenes Lebensglück ausmachte.

Es war seltsam, in einem so zarten und gebrechlichen Körper so viel Heldenmuth zu sehen, und noch seltsamer, daß dieses schöne Gefühl der Entsagung den

11*

Zorn des stolzen Mannes, den Myra anflehte, nicht zu besänftigen vermochte. Seine Antwort war eine unversöhnliche.

„Nein," sagte Mr. Davis, „Das, was ich gesagt habe, ist nicht zu ändern. Wenn dieser Mann sich meinem Hause nähert, oder in die benachbarte Stadt kommt, so wird er diese Vermessenheit mit seinem Leben bezahlen, oder ich opfere das meinige."

Myra betrachtete einen Augenblick lang dieses zornige Antlitz, und das ihrige nahm dabei einen Ausdruck ruhiger Wehmuth an.

„Vater! noch ein Mal ... noch ein Mal überlege es Dir ... ich biete Dir in diesem Augenblick mehr als mein Leben an," sagte sie.

Und ihre Stimme ward sanfter, als ob noch einmal ihre Thränen sich mit ihren Worten mischen wollten.

„Ich bleibe bei Dem, was ich gesagt habe."

Dies war die kalte Antwort, die Mr. Davis gab.

Myra bat nicht weiter. Sie entfernte sich leise und verließ das Zimmer. Im anstoßenden Salon begegnete sie ihrer Mutter.

„Besänftigt er sich ... nimmt er Dein Opfer an?" ... fragte Mistreß Davis, die vor Unruhe beinahe verging.

„Nein, Mutter, er weist es zurück. Er scheint nach dem Blute dieses edlen jungen Mannes zu dürsten. Aber ich werde ihn retten ... ich werde sie Beide retten!"

„Wie, mein Kind? Wie kannst Du bei Deiner

Schwachheit und so ganz allein gegen den unerschütter-lichen Willen Deines Vaters kämpfen?"

„Ich werde das Haus verlaffen … ich werde nicht länger an einem Orte bleiben, wo eine unschuldige und ehrenhafte Liebe dergleichen Auftritte herbeiführt."

„Was! Deine Mutter willst Du verlaffen … Deine Mutter, die Dich so sehr, die Dich zu sehr liebt, Myra! … mein Kind … mein Kind! …"

„Geliebte, theuere Mutter, trockne diese Thränen, die mich schwach machen wie ein Kind. Wenn Du so weinst und mich so umarmst, liebe Mutter, wird die Kraft mir fehlen. Weißt Du nicht, daß es sich um das Leben Deines Gatten handelt, oder um das des meinigen, denn vor Gott ist er es, nicht wahr, liebe Mutter?"

Mistreß Davis vermochte nicht zu antworten, sie weinte nur und drückte ihre Pflegetochter nur fester an sich. Myra machte sich sanft aus dieser zärtlichen Um-armung los und verschwand. Mr. Whitney mußte am nächsten Morgen in Wilmington sein, und das junge Mädchen hatte bis dahin noch viel zu thun, wie auch viel zu leiden.

Den ganzen Tag über mied Myra die Ihrigen und besonders die gute Mutter, deren Thränen sie mehr fürchtete, als den Zorn ihres stolzen Vaters. Sie hatte einen Entschluß gefaßt, der ihren ganzen Muth in An-spruch nahm und auch mehr Kraft erheischte, als man bei einem so zarten Wesen zu begegnen erwartet. Aus diesem Grunde mied sie die Thränen der sanften und liebevollen Mistreß Davis.

In der Familie befand sich ein alter Diener, für den Myra seit ihrer Kindheit eine Art Abgott gewesen. Ueberhaupt war im ganzen Hause kein Diener, welcher das junge Mädchen nicht geehrt und geliebt hätte.

Zeitig am Nachmittage konnte man einen alten Diener mit großer Hast nach Wilmington eilen sehen. Als er die Stadt erreicht, ging er in ein Haus, wo er von zwei jungen, frischen und heiteren Mädchen empfangen ward. Sie waren sehr erfreut, während sie sich nach dem Befinden seiner Herrin erkundigten und der alte Neger in seiner Tasche suchte, bis er endlich ein in aller Eile zusammengefaltetes Billet hervorzog, welches er mit einer Miene geheimnißvoller Wichtigkeit überreichte.

Die eine der beiden jungen Damen erbrach es und las:

„Meine theueren Freundinnen! Erwartet mich diese Nacht. Wartet bis zum Morgen, wenn ich nicht eher ankommen sollte. Ihr werdet mich gewiß noch vor dem Morgen sehen, und ich werde Euch dann die Eile dieser Botschaft erklären. Es wird vielleicht Gewitter kommen, allein das thut nichts, Ihr könnt gewiß darauf rechnen, mich zu sehen.

                                    Myra."

Die beiden Mädchen blickten einander an, ohne den Grund dieser sonderbaren Botschaft errathen zu können, da Myra aber versprach, ihnen Alles zu erklären, so schickten sie den alten Diener, ohne weitere Fragen zu thun, wieder fort.

Lange vor der Rückkehr des treuen Dieners finden wir Myra in der bescheidenen Wohnung eines Jagd-hüters, zu dem sie volles Vertrauen hatte.

„Und Sie haben es sich ganz fest vorgenommen, Miß Myra?" fragte der Mann, der mit dem Hute in der Hand vor der Thür stand.

„Ja, führt nur meine Befehle in der Weise aus, wie ich es wünsche; weiter verlange ich Nichts."

„Wir würden Alles ... Alles auf der Welt für Sie thun," sagte die Frau des Jagdhüters, indem sie sich näherte. „Das wissen Sie auch, Miß Myra, selbst wenn wir unsere Stelle verlieren sollten, was leicht ge-schehen könnte, wenn Ihr Vater erführe, daß wir Ihnen, gegen seinen Willen, geholfen haben."

„Er wird Nichts erfahren. Ich werde ihm Nichts davon sagen, und das Geheimniß bleibt unter uns," erwiderte sie schnell.

„Wir werden pünctlich sein, fürchten Sie Nichts," sagte der Jagdhüter. „Es wird aber ein Gewitter kommen, glaube ich."

„Gut," sagte Myra, indem sie den Himmel be-trachtete, an dem man bereits die Anzeichen eines furcht-baren Unwetters wahrnehmen konnte. „Das thut Nichts, haltet Euch deßwegen immer bereit. Vergeßt nicht, auf dem alten Wege zu kommen und nicht auf dem neuen, wo Ihr Jemanden begegnen könntet."

„Ich werde vorsichtig sein, liebe Miß; ich werde so vorsichtig sein, wie Sie es nur wünschen können."

„Ich verlasse mich darauf!" sagte sie mit sanftem und anmuthigem Lächeln.

Mit zitterndem Herzen eilte Myra wieder in das Haus, das sie bald auf ewig verlassen sollte.

Der Verwandte, von dem wir bereits gesprochen haben, befand sich in dem Landhause. Seine Gattin und seine beiden schönen Kinder bewohnten ein Zimmer, welches an das Myra's grenzte. In dieses Zimmer begab sich Myra, als sie aus der Wohnung ihrer bescheidenen Freunde zurückkehrte. Sie war aufgeregt. Sie bedurfte der Thätigkeit, der Sympathie, wie auch einer Person, vor der sie den Schmerz ausschütten konnte, der jede Faser ihres zarten Körpers bewegte, als ob ein Fieber sie schüttelte.

Myra fand die Verwandte ihres Vaters am Fenster in einem großen Lehnstuhle. Die Frau besaß einen ruhigen, stillen, völlig leidenschaftslosen, aber außerordentlich selbstsüchtigen Character, und eine trügerische Gewandtheit, welche viel dazu beitrug, Die zu täuschen, die sich ihr näherten. Sie wußte, daß Kummer und Uneinigkeit im Hause herrschten, und indem sie ihrem gewöhnlichen Systeme folgte, lauerte sie ruhig auf einen völligen Bruch, der ihr oder ihren Kindern Nutzen bringen könnte.

Als sie Myra mit glühenden Wangen, leichenblassen Lippen und Schläfen eintreten sah, schlug sie die Augen nieder, um den Ausdruck der Freude zu verbergen, den diese Aufregung Myra's in ihr hervorrief. Dann, als sie Myra anredete, ward ihr Blick wieder ruhig und in ihrer Stimme lag tiefes Mitgefühl.

„Sie scheinen aufgeregt, krank zu sein, mein liebes Kind," sagte sie, indem sie Myra's Hand faßte, die sich auf die Lehne ihres Stuhles stützte.

„Sie wissen," erwiderte Myra traurig, „Sie wissen, was heute in diesem Hause vorgefallen ist. Sagen Sie mir, denn Ihre Antwort kann schlimme Folgen haben, und ich habe Niemanden weiter, an den ich mich um Rath wenden könnte, sagen Sie mir, ob Sie glauben, daß, wenn Mr. Whitney morgen nach Wilmington käme, mein Vater ihn aufsuchen und seine grausame Drohung ausführen würde?"

„Sie kennen Mr. Davis, er ist sehr entschieden und weicht niemals von Dem ab, was er sich einmal vorgenommen," das war die süße und düstere Antwort, die Myra erhielt.

„Sie glauben also wirklich, daß er Mr. Whitney fordern würde?" fragte sie ängstlich.

„Er hat es gesagt, Myra."

„Wenn Sie es glauben, — Sie, die alle Ereignisse immer mit so viel Ruhe und Kaltblütigkeit betrachten, so bleibt mir nichts weiter übrig, als zu gehen," sagte Myra, in einem Tone, welcher deutlich den Schmerz

verrieth, welchen diese Ueberzeugung ihrem jungen Herzen verursachte.

„Was meinen Sie, Myra? was beabsichtigen Sie?"
sagte die Vertraute, aus deren niedergeschlagenen Augen
ein Strahl der Befriedigung blitzte.

„Ich werde das Haus noch diese Nacht verlassen.
Ich werde mit Mr. Whitney vor seiner Ankunft in
Wilmington sprechen und das Duell verhindern."

„Sie, Myra! Sie ... Was wird Ihr Vater sagen?
Was werden die Leute denken?"

„Es gilt ein Menschenleben zu retten," erwiderte
Myra. „Mein Herz sagt mir, daß ich recht handle."

Die hinterlistige Vertraute ließ den Kopf in die
Hände sinken und schien einen Augenblick lang nachzu-
denken. Trotz ihrer anscheinenden Apathie verstand sie nur
zu wohl, — unter dem Scheine, Myra's außerordentlichen
Entschluß zu bekämpfen, — diese nur noch mehr darin
zu bestärken und diese glühende und großmüthige Natur
im höchsten Grade aufzuregen. Die Gründe, welche
sie angab, wurden, da sie dabei nur egoistische Gefühle
im Auge hatte, natürlich von dem jungen Mädchen mit
Verachtung zurückgewiesen.

Myra brach das Gespräch ab, mehr denn je von
der Nothwendigkeit überzeugt, ihren Plan sofort in's
Werk zu setzen.

Das Gewitter, welches den ganzen Tag über ge-
droht hatte, entlud sich mit Einbruch der Nacht mit der
ganzen Wuth und Heftigkeit eines Orkans. Dies aber

stimmte mit der Aufregung und dem ungestümen Drange nach Bewegung, welcher das Herz des jungen Mädchens schwellte, nur zu sehr überein, als daß sie sich dadurch hätte zurückhalten lassen.

Sie setzte sich an das Fenster und beobachtete das Gewitter. Die Bäume bewegten ihre Zweige und glichen Riesen, die gegen den Wind kämpften. Der Regen fiel in Bächen, welche der Blitz zuweilen mit silbernem Scheine beleuchtete; und beim Scheine der zuckenden Blitze, welche die finstere Nacht erleuchteten, gewahrte man in der Ferne die schäumenden Wogen der Bucht.

Mr. Davis, der eben so unruhig als die Elemente war, ging unter der Veranda auf und ab, und bei dem Scheine der Blitze konnte man eine außerordentliche Blässe auf seinem Gesichte wahrnehmen. Er durchmaß die Veranda ohne auf die Regentropfen zu achten, die ihn von Zeit zu Zeit trafen, ja ohne es zu fühlen.

Die arme Myra beobachtete ihn schweigend. Der Kampf in seinem Inneren und der Sturm draußen flößten ihr Unerschrockenheit und einen außergewöhnlichen Muth ein. Sie begab sich auf die Veranda. Der Regen peitschte ihr jetzt fahles Gesicht und der Blitz zuckte ihr an den Augen vorüber, die in überirdischem Glanze funkelten. Sie näherte sich ihrem Vater und legte ihre eiskalte Hand auf seinen Arm.

„Vater, Vater! ... hast Du es Dir überlegt? ... O sage, daß Du Mr. Whitney bei seiner Ankunft nicht fordern willst!"

Mr. Davis blieb einen Augenblick stehen. Ein Schatten von Unentschiedenheit flog über sein Gesicht, bald aber ward es bleicher und energischer, denn je. Er entfernte sich, ohne auch nur ein Wort zu erwidern, und Myra verschwand.

Um Mitternacht standen zwei Personen, ein Mann und eine Frau, an einer kleinen Thür hinter der Wohnung von Mr. Davis. Die Frau hielt einen Regenschirm, von dem das Wasser nur so herabströmte. Der Mann drückte das Ohr dicht an die Thür und horchte.

Endlich hörte er inmitten des Tosens der Elemente, wie man einen Schlüssel umdrehte und einen Riegel zurückschob. Myra erschien, in einen großen Shwal gehüllt, und trug einen kleinen Koffer, welchen sie von einer Stufe zur anderen die große Treppe hinunter geschleift hatte.

„Tragt diesen Koffer vorsichtig, es ist weder Schlüssel noch Schloß daran, es war aber der einzige, den ich finden konnte," sagte sie, indem sie ihre bescheidene Last dem Manne zeigte, der dieselbe auf die Schultern nahm und damit in der Dunkelheit verschwand.

Myra stellte sich unter den triefenden Regenschirm und entfernte sich dann mit der Frau. Nachdem Beide einige Zeit gegangen waren und gegen Wind und Regen kämpfen mußten, fanden sie hinter den Stallungen einen Wagen, welcher wartete. Die Pferde waren bereit, der Tritt herabgeschlagen. Bleich und außer

Athem sprang Myra in den Wagen, während ihr treuer Freund sich auf den Bock schwingen wollte.

„Ein Wort," sagte Myra, indem sie ihr schrecken-fahles Gesicht dem Gewitter bloßstellte. „Wenn der Wächter an der Straßengeldbarriere Euch sieht, so könntet Ihr erkannt werden. Das Gewitter tobt so, daß er vielleicht nicht aufwacht, aber wenn es doch geschehen sollte, so antwortet nicht. Eure Stimme, guter Freund, könnte Euch verrathen und Eure Treue gegen mich darf Euch nicht dem Zorne meines Vaters aussetzen. Wenn der Mann also ruft, so antwortet nicht. Die Barriere ist alt, die Pferde sind gut, der Wagen fest — etwas Entschlossenheit und Ihr könnt da-hin sausen, als wenn Euch Nichts den Weg versperrte. Versteht Ihr? Sprengt die Barriere, ohne dabei ein Wort zu sagen, und der Weg wird dann auch zu Eurer Rückkehr gebahnt sein."

„Fürchtet Nichts; ich werde den Schlagbaum spreu-gen," erwiderte der Mann schnell, indem er sich auf seinen Sitz schwang.

Ein herzlicher Händedruck, ein „Gott segne Sie, Miß Myra," der braven Frau, die so viel für sie ge-wagt, erfolgte, und Myra sank in den Wagen.

Der Mann mußte sehr langsam fahren, denn die Nacht war außerordentlich finster, und nur bei dem Scheine der aufeinander folgenden Blitze konnte er sei-nen Weg finden. Endlich kam er an das Chaussee-haus, welches seinen wurmstichigen Balken über die

Straße streckte. Der Sturm war furchtbar, und man
gebrauchte alle nur mögliche Vorsicht, um auch das geringste Geräusch zu vermeiden. Der alte Wächter hatte
aber ein feines und geübtes Ohr. In dem Augenblicke, wo der Kutscher abstieg und den Schlagbaum zu
öffnen versuchte, kam der Greis halb angekleidet heraus
und trug ein Licht in der Hand, welches beim ersten
Windstoße auslöschte.

„Holla! Wer da?" rief der alte Mann.

Myra steckte den Kopf zur Wagenthür heraus und
sagte:

„Kein Wort. Peitscht darauf los ... Reißt die
Barriere nieder, aber sagt kein Wort."

Man hörte kräftige Peitschenschläge, dann ein Kra-
chen, die Balkentrümmer flogen auf die Seite, und der
Wagen verschwand inmitten der Finsterniß und dem
Gewitter. Die Flüchtlinge setzten ihren Weg im Dunkeln fort, im strömenden Regen und jeden Augenblick
in Gefahr, von den Windstößen umgeworfen zu werden, die immer heftiger wurden. Endlich befanden sie
sich zwischen einer doppelten Häuserreihe, in welcher die
Schatten der Nacht sich gelagert hatten. Man konnte
nur ein einziges Licht sehen, welches wie ein Stern
glänzte.

„Sie haben sich nicht niedergelegt, sie erwarten
mich!" rief Myra, von Freude und Dankbarkeit erfüllt,
als sie das Licht sah. „Jetzt, mein Freund, mein
guter, mein lieber Freund, jetzt dürft Ihr nicht weiter

fahren; man darf Euch nicht einmal sehen. Haltet dort, lehnt meinen Koffer dort an die Mauer; ich werde den Weg jetzt leicht finden."

Der Mann wollte Einwendungen machen, aber Myra beharrte auf ihrem Entschlusse und wartete in dem herniederpeitschenden Regen, bis der Wagen verschwunden war. Dann faßte sie den Koffer, und indem sie alle ihre Kräfte zusammenraffte, schleppte sie ihn bis an ein Fenster, aus welchem sie zwei schöne, jugendliche Gesichter ängstlich herausblicken sah, als ob sie in der tiefen Finsterniß einen geliebten Gegenstand suchten.

Sofort verschwanden die Gesichter, man hörte an der Thür einen freudigen Willkommenruf, und einen Augenblick später drückten diese beiden edelmüthigen Freundinnen Myra in ihre Arme, die von Ermüdung entkräftet, bleich wie der Tod, und so vollständig durchnäßt war, daß das Wasser aus ihren Kleidern troff.

———

Siebentes Kapitel.

Versöhnung.

Während Myra ihre durchnäßten Kleider wechselte und einen kleinen Imbiß zu sich nahm, den ihre schnelle Fahrt nöthig gemacht hatte, erzählte sie ihren jungen Freundinnen, warum sie das väterliche Dach so plötzlich verlassen.

Dieser jugendliche und leidenschaftliche Roman interessirte natürlich diese jungen Herzen, welche vollkommen auf Myra's Pläne und Gefühle eingingen.

Kein Glied dieser hübschen Gruppe dachte in dieser Nacht an Schlaf. In ihr kleines Schlafzimmer eingeschlossen, an einem knisternden Feuer, welches ihre reizenden Gesichter beleuchtete, hielten die jungen Mädchen Rath und spannen ein Complot.

Zuweilen lachten sie über den kläglichen Zustand, in welchem Myra sich an der Thür gezeigt, in anderen Augenblicken wieder schauderten sie und horchten inmitten des Gewittersturmes, als ob sie Schritte von Perfonen zu vernehmen gefürchtet hätten, welche die schöne Flüchtige verfolgten.

„Und jetzt," sagte Myra, nachdem Alles erklärt worden, „jetzt wollen wir überlegen, was am besten zu thun ist. Mit Tagesanbruch muß ich nach New-Castle, um von da Baltimore zur rechten Zeit zu erreichen, und Mr. Whitney zu verhindern, das Schiff zu besteigen. Er darf nicht in die Nähe von Wilmington kommen. Wer wird mich begleiten? Wo kann ich ein schützendes Obdach auf einige Stunden finden?"

„Wer Dich begleiten wird? .... natürlich unser Vater," rief eins der jungen Mädchen, welches mit Herz und Seele auf die Pläne ihrer Freundin einging. „Wo Du ein schützendes Obdach finden kannst? Haben wir nicht einen in New-Castle verheiratheten Bruder? Er kennt Dich, und liebt Dich ebenso wie wir. Seine Gattin wird Dich aufnehmen, und noch dazu mit offenen Armen."

Myra erhob sich, die Freude belebte ihr sanftes Gesicht, sie schloß das junge Mädchen in ihre Arme und drückte sie an ihr Herz.

„O, was für treue Freundinnen Ihr seid, und wie ich Euch liebe!" sagte sie mit ihrer gewöhnlichen Heiterkeit und Herzlichkeit, indem sie sich zu der anderen Schwester wendete und einen zärtlichen Kuß auf ihre Stirn drückte. „Es ist beinahe süß, einige Widerwärtigkeiten zu ertragen, nur um solche Herzen wie die

Eurigen auf die Probe zu stellen. Ich werde niemals diese Nacht vergessen, niemals, so lange ich lebe!"

"O, es ist gerade wie ein Roman, Myra," rief die jüngste der beiden Schwestern, indem sie ihre langen Locken mit leichtem Lachen zurückschüttelte. "Wir haben mehre Stunden lang am Fenster gespäht. Der Regen schlug heftig an die Scheiben, hinter denen wir gerade wie zwei Personen eines Drama's standen. Dann, inmitten des Blitzens und Donnerns, der Regengüsse, wie ich nie Aehnliches in meinem Leben gesehen habe, kamst Du mühsam bis an die Thür, gleich einer armen kleinen, vom Gewitter verfolgten Fee. Dein Gesicht war sehr naß und sehr bleich, Deine Augen funkelten wie Diamanten, und von Deinem schwarzen Haar perlten die Regentropfen nur so herab. Auf mein Wort, Myra, es lag etwas Uebernatürliches in alle Diesem."

"Vielleicht ist es besser, daß es so gewesen ist," sagte Myra, die über die lebhafte Einbildungskraft ihrer jungen Freundin lächelte. "Wenn die Nacht ruhig, wenn es überall still gewesen wäre, so hätte Alles einen stärkeren Eindruck auf mich hervorgebracht. Das Gewitter gab mir Muth. Es war mir, als ob diese wüthenden, entfesselten Elemente eine Art Heroismus in meinem Herzen erweckten. An einem milden Abende, wenn der Mond geschienen hätte, wären mir alle die alten Bäume, die Blumen, alle die lieblichen Dinge in's Auge gefallen, die Mama und ich so oft und so gern im Mondschein betrachteten, und ich hätte kaum die

nöthige Kraft gefunden, mich von allen diesen Dingen
zu trennen. Arme, arme Mama, wie trostlos sie sein,
welcher trauriger Morgen das für sie sein wird! ..."

Während Myra dies sagte, ließ sie den Kopf sinken
und ihre schwarzen Augen füllten sich mit Thränen.
Die beiden jungen Mädchen blickten sie traurig und
zugleich theilnahmevoll an. Dieser so natürliche, so
wahre Schmerz hatte alle ihre romantischen Ideen wieder
verscheucht.

Mit gebeugtem Haupte blieb Myra lange in ihre
schmerzlichen Gedanken vertieft sitzen. Ihr Herz konnte
sich nicht von der alten Wohnung losreißen. Sie dachte
an ihre Mutter, an diese so gute, so liebende Frau, die
sie wie einen jungen verlassenen Vogel aufgenommen
und bis zu diesem Tage an ihrem Herzen gewärmt,
und ihr Leben so glücklich gemacht hatte. Sie dachte
auch an den Greis, der stolz — aber starker Liebe fähig,
hartnäckig — aber gut war. Selbst in seinem Irrthume
blieb er noch würdig und groß, und dann hatte er
Myra so lange und so innig geliebt! Sie dachte an
ihn und Thränen rannen über ihre Wangen. Es war
ein furchtbarer Roman für das arme Kind. Nur festes
Gerechtigkeitsgefühl hatte sie getrieben, einen so kühnen
Schritt zu thun. Sie war keine jugendliche Heldin,
sondern ein edles, großmüthiges Weib, welches furchtbar litt, aber entschlossen handelte, weil sie der Stimme
der Vernunft zu folgen glaubte.

Einige Zeit lang herrschte tiefes Schweigen Die

beiden jungen Mädchen ahnten den Schmerz ihrer Freundin. Endlich erhob sich die Aelteste und indem sie sich auf Myra's Stuhl stützte, begann sie ihre leichten Flechten aufzustecken, die der Sturm vollkommen gelöst und zerzaust hatte.

„Und wenn Du Mr. Whitney gefunden, wenn Du das Duell verhindert haben wirst, Myra, was wird dann das Ende von Allem sein? Verlobung mit Deinem Geliebten und Versöhnung mit Deinem Vater ohne Zweifel," sagte die reizende junge Freundin, indem sie Myra aus der Träumerei zu wecken versuchte, in welche sie versunken war.

„Nein," sagte Myra, indem sie ihre thränenfeuchten Augen trocknete, „ich hoffe keine Versöhnung. Als ich das Haus meines Pflegevaters in der vergangenen Nacht verließ, geschah es ohne auch nur einen Gedanken an Rückkehr. Ich habe Allem entsagt."

„Allem .... der Liebe ausgenommen .... ausgenommen dem Manne, der Dich liebt," flüsterte die Freundin.

„Selbst der Liebe .... selbst ihm .... Ich habe Allem entsagt. Denkt Ihr denn, daß ich jetzt daran denken könnte, ihn zu heirathen? Daß ich durch eine durch Flucht erzwungene Heirath Anlaß zu Scandalgeschichten geben möchte? Nur um das Leben des Geliebten zu retten, habe ich das väterliche Haus verlassen. Ich werde ihm auf seinem Wege begegnen, ich werde ihn vor dem Zorne meines Vaters schützen und ihn von allen Verpflichtungen, die zwischen uns bestanden haben, freisprechen."

„Und wo willst Du nachher hin, geliebte Freundin?"

„Ich habe, wie man mir gesagt hat, Verwandte auf den Antillen. Als ich das Haus, wo ich erzogen worden bin, verließ, nahm ich mir zugleich vor, mich unter ihren Schutz zu stellen."

„So wird also keine Verlobung stattfinden und wir werden durch denselben Schlag auch Dich selbst verlieren?" rief die junge Freundin, indem sie bei dem Gedanken an eine so plötzliche Trennung in Thränen zerfloß.

„Nicht auf immer; ich bin gewiß, daß wir uns wiedersehen werden," erwiderte Myra, indem sie unruhig zum Fenster hinausblickte, denn das Gespräch erweckte zu lebendige Gefühle in ihr. Es wird aber bald Tag werden."

„Ich habe soeben meinen Vater geweckt und ihm Alles erzählt. Er wird Dich nach New-Castle begleiten," sagte die jüngste der beiden Mädchen, indem sie wieder in das Zimmer trat. „Der Wagen wird mit Tagesanbruch vorfahren."

Mit Tagesanbruch! ... Man sah schon den ersten Schein der Morgenröthe am Himmel. Sofort begann außerordentliche, geräuschvolle Thätigkeit in dem kleinen Schlafzimmer. Myra's Kleider, die man am Feuer hatte trocknen lassen, wurden in den Koffer gepackt und mittelst einiger Schnüre band man das Gepäck so gut zusammen, wie es eben ging.

Zur bestimmten Stunde war Alles zu Myra's Abreise bereit. Erst nach vielen Thränen und Umarmungen
trennte sie sich von ihren jungen Freundinnen, und die
grauen Schatten der Nacht waren noch nicht vollständig
verschwunden, als sie sich auf dem Wege nach New-Castle
befand.

In dem Wagen befanden sich weiter keine Passagiere
als Myra und ihr vortrefflicher Freund, so daß in der
Ruhe des Morgens sie Nichts von dem traurigen Gedanken abzog, die sie stets beschäftigten. Das Gewitter
war vorüber und hatte neues Leben und neue Frische
zurückgebracht.

Der Weg war von grünenden Bäumen an jeder Seite
begrenzt und durch das Laub sandte die Sonne ihre
glühenden Strahlen. Jeder Grashalm neigte sich unter
den Thautropfen, die wie Diamanten funkelten. Die
Weinranken und Kletterpflanzen, welche an den Hecken
hinaufwuchsen, schienen mit Perlen durchsäet zu sein,
so zahlreich waren die auf ihren Blättern blinkenden
Thautröpfchen, so sehr brannten die Sonnenstrahlen,
welche sie beleuchteten. Ueberall blühte und grünte es.
Die Luft war frisch, mit Wonne athmete man jeden
Luftzug der den schweren Wagen umspielte, welcher
Myra weit von Denen hinwegtrug, die sie wie ihre
Eltern hatte lieben lernen:

Zuweilen konnte Myra bei den Biegungen, welche
der Wagen bei den Krümmungen der Straße machte,
die Stätte sehen, wo ihre Kindheit verflossen war. Das

schöne und prächtige Haus, welches auf einem hochge-
legenen Puncte inmitten der Hügelkette stand, an der
man in diesem Augenblicke vorüberfuhr, war mehre
Meilen weit in der Runde zu sehen, so daß, wie schon
gesagt, bei jeder Biegung des Weges sich die Stätte,
die ihr so theuer war, Myra's Blicken zeigte, als ob
sie ihre Einsamkeit noch schmerzlicher fühlen, oder in
ihrem Entschlusse schwankend werden sollte.

Myra aber dachte nur wenig an die Pracht des
Hauses, in welchem sie gelebt hatte. Ihr liebendes Herz
drang durch die Mauern in das Innere desselben. Sie
sah, wie in einer Vision, ein sanftes, bleiches Antlitz
auf einem Kissen im Schlafe ruhen und von Scenen
träumen, die nie wieder stattfinden sollten. Als die
arme Myra an das Haus dachte, welches sie heimlich
verlassen, fühlte sie, wie ihr die Thränen in die Augen
traten. Sie bedauerte es nicht, das schöne Vermögen
zu verlieren, auf welches sie ohne einen Seufzer ver-
zichtet. Die Bande der Liebe aber, die sie zerrissen,
hingen noch an ihrem Herzen, und als Myra zum letzten
Male das Haus ihrer Heimat betrachtete, konnte sie
ihre Thränen nicht zurückdrängen.

Unsere junge Reisende fand ihre Freunde in New-
Castle gern bereit, ihr in der Weise beizustehen, wie
ihre beiden vortrefflichen Freundinnen es ihr in
Wilmington versprochen. Es ward bestimmt, daß ein
alter Herr, der Vater der Dame, unter deren Dache
das junge Mädchen eine Zuflucht gefunden, die Reise

mit ihr bis Baltimore machen sollte. Unter diesem Schutze, wie er nicht anständiger sein konnte, machte Myra sich auf den Weg. Ehe sie von New-Castle abreiste, ließ sie einen Brief an Mr. Whitney zurück, im Falle er mit dem Schiff von Baltimore ankäme, welches man in einigen Stunden erwartete.

Unruhig, von Angst gequält, von Aufregung halb krank, erreichte Myra mit ihrem Begleiter Baltimore, gerade noch Zeit genug, um zu erfahren, daß ein Herr, Namens Whitney, sich auf dem Fahrzeug eingeschifft habe, welches ihnen begegnet sein müsse.

Von neuer Unruhe gequält, und fürchtend, daß das Duell zwischen ihrem Vater und ihrem Geliebten trotz allen ihren Anstrengungen doch noch stattfinden könnte, wußte die arme Myra keinen anderen Rath, als mit ihrem Begleiter wieder nach New-Castle in der unbestimmten Hoffnung zurückzukehren, daß Mr. Whitney bei seiner Durchreise in New-Castle ihren Brief vielleicht erhalten habe und dadurch verhindert worden sei, seine Reise fortzusetzen.

So begab sich denn Myra mit ihrem Begleiter wieder auf das Schiff, und Beide kehrten wieder zu den großmüthigen Freunden zurück.

Hier erfuhren sie zu Myra's Erstaunen und Enttäuschung, daß allerdings ein Mann Namens Whitney durch New-Castle gereist sei, aber daß dies nicht der Whitney wäre, dessen Leben sie retten wollte.

Der Tag, an welchem die Ankunft ihres Geliebten

hatte stattfinden sollen, war vorüber. Sie wußte nicht,
zu welcher Zeit er durch Baltimore reisen würde. Das
sicherste Mittel, ihn zu treffen, war für Myra das, ruhig
bei ihren Freunden zu bleiben und zu warten, bis
Mr. Whitney nach New-Castle käme. Der vortreffliche
alte Herr, welcher das unternehmende junge Mädchen
so liebevoll beschützt, traf Anordnungen, daß Mr. Whitney
nicht unbemerkt den Landungsplatz betreten konnte.

Mehre Tage verflossen, während welcher Myra die
bitteren Qualen erduldete, die jeder Wartende ertragen
muß. Bald hoffte sie, bald fürchtete sie die Ankunft
Whitney's, bald ward sie von der Angst gequält, daß
ihr erzürnter Vater ihren Zufluchtsort entdecken und
alle ihre Anstrengungen, das verhängnißvolle Duell zu
vereiteln, nutzlos machen könnte. So aufgeregt und
gemartert, blieb ihr Nichts weiter übrig, als: zu warten!
— Zu warten! Das war für eine so glühende und unge-
stüme Natur, wie sie war, eine schwere Prüfung.

So lange sie handeln mußte, hatten Aufregung und
Bewegung ihren Muth aufrecht erhalten, aber dieses
unthätige Leben voll Ungewißheit lähmte alle ihre
Nerven und sie begann hinzuschmachten, wie ein ge-
fangener Vogel. Drei Tage lang blieb sie allein auf
ihrem Zimmer, ohne dasselbe zu verlassen, als das Er-
eigniß, welches sie am Meisten gefürchtet, ihrem zu lange
auf die Probe gestellten Muthe mit einem Schlage ein
Ende machte.

Nach mehren Tagen der Unruhe und nutzloser

Nachforschungen hatten ihre Eltern endlich ihren Aufent-
haltsort entdeckt.

Es geschieht oft, daß starke und mächtige Naturen
die Sclaven ihres eigenen Willens werden, und ihren
wahren Gefühlen entgegen handeln, blos weil sie dieselben einmal ausgesprochen haben. Der Stolz, dieser
kalte, herrschsüchtige Stolz, so wie er Mr. Davis cha-
racterisirte, erlaubte ihnen nicht, ihren Entschluß zu ändern, denn Dies hieße anerkennen, daß sie sich irren
gekonnt. Von Natur und durch die Gewohnheit zu
befehlen, wie sie den Reichen, besonders in der amerikanischen Republik eigen ist, herrschsüchtig gemacht,
hatte Mr. Davis in Bezug auf Whitney einmal sein
Mißfallen und seinen Widerwillen ausgesprochen, und
bei dieser Meinung blieb er, — nicht weil er Whitney
jetzt noch in dem anfänglich gehegtem Verdachte gehabt
hätte, sondern weil er sich einmal gegen ihn ausgesprochen hatte.

Mr. Davis war großmüthig, edel, zärtlich, er empfand für seine Adoptivtochter nur Liebe, vor Allem
aber war er der Sclave seines eigenen Willens. Was
er einmal gesagt hatte, das mußte auch wirklich so geschehen.

Während der Gewitternacht war er mehre Stunden
lang unter der Veranda, vor seinem Hause, auf- und
abgegangen. Der Donner krachte und rollte über
seinem Haupte hin, die Blitze beleuchteten sein erschreck-
tes Gesicht. Er fühlte, wie sein Herz bei jedem Don-

nerschlage, bei jedem Blitze, der ihm den Athem raubte,
erbebte. Er fürchtete den Blitz und wollte gerade deßwegen ihm trotzen. So mußte also selbst die Furcht,
die ihm angeboren war, und von seiner Kindheit sich
nur noch mehr in ihm entwickelt hatte, selbst die Furcht,
sagen wir, mußte seinem Willen sich beugen.

Nach dieser Gewitternacht, nachdem dieser uner-
schütterliche Mann mit seinen besseren Gefühlen gekämpft, wie er auch mit seiner Furcht gekämpft, erwachte er, um zu erfahren, daß seine Tochter verschwunden war.

Sie war verschwunden wie der Blitz, ohne eine
Spur von der Richtung zu hinterlassen, welche sie ge-
nommen hatte. Anfangs wollte er die Wahrheit nicht
glauben, und fand selbst den tiefen Schmerz seiner
Gattin unbegründet, die sich nicht trösten konnte, ihr
Kind verloren zu haben. Er wollte nicht zugeben, daß
dies Alles das Resultat seiner Heftigkeit sei. Tage
aber vergingen, die Boten, die man ausgeschickt, kamen
ohne Nachrichten über Myra zurück, und nun war es
ihm nicht länger möglich, seinen Schmerz zu be-
herrschen.

Seine Liebe zu dem jungen, nun verschwundenen
Mädchen, war eben so groß wie sein Stolz, eben so
tief und lebhaft wie seine herrschsüchtige Natur. Wer
hatte Myra zu diesem Entschlusse getrieben? Wenn er
sein Herz fragte, mußte er gestehen, daß er die Liebe
der armen Myra nach seinen persönlichen Wünschen hatte

gestalten wollen, und daß sie in dem Kampfe mit seinen Gefühlen nicht die Energie besessen, die er selbst
entfaltet, als er gegen das Gewitter kämpfte. Jetzt er-
kannte er wohl, wie ungerecht er gehandelt, Myra zur
Erfüllung seines Willens zwingen zu wollen, und wie
sehr diese Ungerechtigkeit seiner Umgebung schon lange
zur Qual gereicht haben mußte.

Mit der Lebhaftigkeit eines wahrhaft großmüthigen
Herzens, dachte er nun an Nichts weiter, als Das
wieder gut zu machen, was er seinem Kinde Schlimmes
zugefügt. Er hätte die Hälfte seiner großen Besitzun-
gen darum gegeben, hätte er Myra ohne die Nothwendigkeit einer Erklärung an sein Herz drücken können.

Nach einer schlaflosen Nacht wurden die Nachforschungen fortgesetzt, die jedoch dasselbe entmuthigende
Resultat hatten, wie die vorhergegangenen. Seit Myra's
Verschwinden schien das große Haus seltsam öde und
traurig. Wenn Mr. Davis durch die Zimmer schritt,
hörte er nicht mehr ihr silbernes Lachen. Bei Tische
schien ihm ihr leerer Platz eine neue Ursache zu Vorwürfen, und Abends, wenn die Trennungsstunde schlug,
kam Myra nicht mehr mit leichtem Schritte auf ihn zu,
um sich wie ein Kind den Gutenachtkuß zu holen.

Die Thränen und die Blässe seiner Gattin betrübten
Mr. Davis noch mehr, als die Leere, welche seit Myra's
Verschwinden in dem weiten Gebäude herrschte. Die
ganze Familie war trostlos, als ob der Tod sein ver-
heerendes Werk in derselben vollbracht hätte.

So verflossen mehre Tage. Endlich ward Mr.
Davis aus diesem qualvollen Zustande der Unruhe, den
er nicht lange mehr hätte ertragen können, erlöst. Er
entdeckte Myra's Zufluchtsort in New-Castle.

Anfangs erstaunt man, wenn man sieht, wie mächtige und starke Naturen die Opfer und Hintergangenen
von Personen werden, die in jeder Hinsicht, — sei es
nun in intellectueller oder moralischer, — unter ihnen
stehen. Wenn man aber bedenkt, daß diese verstän-
digen und großmüthigen Naturen vollkommen dieser
gemeinen List unfähig, allen geizigen Beweggründen un-
zugänglich sind, die man nur bei niedrig gesinnten und
engherzigen Menschen findet, so wird man nicht erstaunt sein, daß sie auch ebenso unfähig sind, an das
Vorhandensein solcher Beweggründe zu glauben. Da
sie die Existenz des Bösen nicht zugeben, so sind sie
ohne Vertheidigung gegen alle die gemeinen Ränke,
deren sie andere Menschen nicht fähig glauben.

Wir haben bereits gesagt, daß unter den Gästen,
welche bei Mr. Davis weilten, sich auch ein Verwandter
befand, in welchem Myra's Flucht Hoffnungen auf Einfluß und Gewinn erweckte, welche die ganze Habsucht
seiner Natur wahr machten. Dieser Mensch hatte durch
seine erheuchelte Sanftmuth das ganze Haus in neue
Unruhe versetzt. Er suchte mit seinen Trostworten und
süßlichen Manieren nur Oel in's Feuer zu gießen, als
er sah, wie Mr. Davis bereit war, den großmüthigen
Regungen seiner Liebe zu folgen. Er war es, der

durch seine Gattin Myra's Befürchtungen in verräthe-
rischer Weise erregt und zur Flucht getrieben hatte.

Jetzt hatte er nur den einen Zweck, das Wiedersehen zu verhindern und die geringste Aussicht auf
Versöhnung zwischen Myra und ihren Eltern zu zer-
stören. Dieser Mensch hatte leicht und gleich am ersten Tage Myra's Spur gefunden, allein er hatte sie
geheim gehalten, und unterrichtete Mr. Davis erst davon, als er sah, daß dieser es aus anderer Quelle erfahren könnte.

Jetzt rechnete er es sich zum großen Verdienste an,
daß seinen Anstrengungen es gelungen war, Myra's
Zufluchtsort zu entdecken, und er erbot sich, mit der
uneigennützigsten Miene von der Welt, Myra zu über-
reden, zu ihren Eltern zurückzukehren.

Froh, sich die Mühe und die Demüthigung des
Bittens, was seiner stolzen Natur zuwider war, zu er-
sparen, nahm Mr. Davis eifrig das freundschaftliche
Anerbieten an. Somit reiste sein Verwandter dann
nach New-Castle, und seine Ankunft war es, welche der
armen Myra einen solchen Schrecken einjagte.

Mr. Davis hatte seinen Abgesandten beauftragt,
Myra durch liebreiches Zureden und das aufrichtige
und großmüthige Versprechen, daß Alles vergeben und
vergessen sein würde, zur Rückkehr zu bewegen. Mr.
Davis stellte weder Bedingungen, noch nahm er sich
irgend einen Vorbehalt. Alles, was er wünschte, war
die Liebe und das Vertrauen seines Kindes. Mistreß

Davis, die so liebevolle Mutter, gab einen zärtlichen Brief an ihr Pflegekind mit. Es war dies mehr, als nöthig war, um ein großmüthiges Herz, wie das Myra's, zu rühren und sie in die Arme ihrer Eltern zurückzuführen.

Myra sprach mit dem Verwandten, welcher Mr. Davis' Botschaft getreulich ausrichtete, ohne eines seiner freundlichsten Worte wegzulassen. Als er aber sah, wie Myra's schöne Augen sich mit Thränen füllten, indem sie ihn, während er sprach, anblickte, — als er sah, wie ein leidenschaftlicher Blitz ihr Gesicht erhellte, nahm er allmählich eine andere Haltung an. Seine Augen, sein niedergeschlagener Blick, sein zusammengepreßter Mund, Alles deutete auf eine Verheimlichung. Er schien mit sich selbst einen Kampf zu bestehen, und Myra sah, daß er noch nicht Alles gesagt.

Das junge Mädchen zweifelte durchaus nicht an der Aufrichtigkeit dieses Mannes. Sie hatte ihn stets für ihren Freund gehalten. Wie ließ sich demnach seine Unruhe, seine Zurückhaltung, die in seinen Augen und auf jedem Zuge seines Gesichts geschrieben stand, mit der so aufrichtigen Botschaft, dessen Träger er war, vereinbaren?

Nach vielen Fragen willigte er endlich ein, zu sprechen, allein, wie er sagte, nur in Folge der tiefen und uneigennützigen Freundschaft, die er für Myra empfände. Er liefe Gefahr, sich auf ewig der Ungunst Mr. Davis' auszusetzen, allein er wollte es trotzdem sagen. Er wollte ein so junges, so vertrauensvolles

Wesen nicht veranlassen, sich blindlings wieder in die
Gewalt eines so erzürnten Mannes, wie Mr. Davis,
zu begeben. Man hätte ihn wohl mit allen nur er-
denklichen Versprechungen beauftragt, allein in Wirklich-
keit hätte der Haß ihres Vaters gegen Mr. Whitney
sich nur noch gesteigert. Mr. Davis wäre noch so un-
versöhnlich wie immer, und anstatt seine Pflegetochter
freundlich zu empfangen, hegte er nur den einzigen
Wunsch, sie durch falsche Versprechungen wieder in seine
Gewalt zu bringen und sie dann mit furchtbarer
Strenge zu bestrafen.

Dies Alles sagte der Verräther mit dem vollkom-
mensten Anscheine von Aufrichtigkeit. Man hätte glauben können, daß nur die heiligsten Verpflichtungen der
Freundschaft, diesem Manne die Wahrheit abpreßten.
Myra zeigte sich für diese freundschaftliche Nachricht sehr
dankbar, und der Verräther verließ sie entschlossener
denn je, ihren Plan durchzuführen, wenn auch mit zer-
rissenem Herzen.

Kaum eine Stunde nach dieser Unterredung kam
Mr. Whitney in New-Castle an. Verschiedene Gründe
hatten seine Abreise verzögert, Myra's Agent aber war
wachsam gewesen, und Mr. Whitney erhielt ihren Brief,
so wie er an's Land stieg. Er begab sich sogleich zu
den Freunden, welche Myra aufgenommen hatten, die
aber noch nicht alle die Ereignisse kannten, welche
Myra getrieben hatten, das väterliche Dach zu verlassen.

Mr. Whitney hatte Myra in voller Gesundheit und Heiterkeit, voll freudiger Hoffnungen verlassen, bleich und niedergeschlagen, mit verschwollenen Augen, von der Last des Schmerzes gebeugt, wie eine vom Sturme geknickte Blume, fand er sie wieder.

„Dann," sagte er, als sie ihm Alles erzählt, „haben wir nur einen Weg einzuschlagen, aber dieser wird Dein Glück sicher stellen. Dieser Mann ist nicht Dein Vater. Das Gesetz erkennt ihm keine Autorität über Dich zu. Ich will nicht von seiner Ungerechtigkeit gegen mich sprechen, ebenso wenig von seiner Heftigkeit Dir gegenüber, denn ich weiß, daß er während Deiner Kindheit gut gegen Dich gewesen ist."

Thränen der Dankbarkeit füllten Myra's Augen. Es lag in dieser zarten Nachsicht Etwas, was sie tief rührte.

„Wir wollen uns vermählen, Myra. Niemand hat ein Recht auf Dich. Was mich betrifft, so bin ich vollkommen unabhängig."

Es war schwer, dieser flehenden Stimme, diesen so zärtlichen und hoffnungsvollen Augen zu widerstehen. Dennoch aber entzog Myra ihm ihre Hand mit ruhiger Würde, und ein schmerzliches Lächeln glitt über ihre Lippen.

„Nein," sagte sie. „Ich bin aus freiem Willen hier, ich bin allein und ohne Schutz gekommen. Man soll nicht sagen, daß Deine Gattin das väterliche Dach heimlich verlassen hat, um sich zu vermählen."

Das stolze Zartgefühl, womit Dies gesagt ward, war rührend in seiner Einfachheit und machte jeden Zweifel unmöglich. Mr. Whitney bestand nicht länger auf seiner Bitte, obgleich er sehr enttäuscht war. Er faßte Myra's Hand und sagte lächelnd:

„Das sieht aber aus wie eine Zurückweisung, und vielleicht schenkst Du der Stimme des Stolzes zu viel Gehör. Hast Du denn so viel gewagt, um mein Leben zu retten, Myra, um es mir dann zu einer nutzlosen Last zu machen?"

Die Wangen Myra's färbten sich mit einem flüchtigen Roth. Jetzt, wo er bei ihr war, ihre Hand in der seinigen hielt und sie anblickte, fühlte sie, daß es ihr unmöglich sein würde, ihn auf immer zu verlassen.

„Ich habe Freunde, Verwandte auf den Antillen," sagte sie. „Zu ihnen laß mich gehen. Dann suche mich dort auf, und wenn Deine Eltern in unsere Heirath willigen, so will ich Dein Weib werden."

„Nein, nicht dort, nicht so weit. Versprich mir, Dich in Philadelphia unter den Schutz meiner Freunde begeben zu wollen. Ich werde zu meinen Eltern gehen; ihre Einwilligung und ihre Gegenwart werden unsere Vermählung rechtgültig machen. Beseitigt dieser Vorschlag nicht alle Deine Scrupel, geliebte Myra?"

Die Röthe stieg wieder schnell in Myra's Wangen; Lächeln und Thränen verschmolzen sich in ihren glänzenden Augen.

„Ja," sagte sie, „Das befriedigt mich."

Drei Stunden später verließen Myra und Whitney New-Castle, der gute Geistliche und seine Gattin begleiteten sie bis Philadelphia und übergaben sie den Händen ihrer Freunde. Mr. Whitney reiste augenblicklich wieder zurück, um mit seinen Eltern Rücksprache zu nehmen.

Sobald der Augenblick des Kampfes vorüber war, machte die Rückwirkung dieser außerordentlichen Aufregung sich fühlbar und beugte die arme Myra darnieder. Wie jene Pflanzen, welche grün bleiben, so lange das Eis ihre Blätter bedeckt, sich dann aber entfärben und beim ersten Sonnenstrahle sterben, sah Myra ihre Kräfte schwinden, und eine Zeit lang schwebte sogar ihr Leben in Gefahr.

Eines Tages ruhte die arme Myra schmachtend und schwach auf ihrem Bette in dem Halbdunkel ihres Schlafzimmers, und fürchtete jeden Ton mit der zagenden Furcht, welche an sich schon ein Leiden ist, als sie plötzlich heftigen Lärm auf der Treppe vernahm. Es klang wie der unsichere Schritt eines Mannes, dem eine andere Person Einhalt zu thun versuchte.

Myra begann zu zittern, denn es gehörte jetzt nur wenig dazu, um alle Nerven ihres zarten Körpers zu erschüttern. Sie erhob ihre weiße Hand, strich sich das Haar zurück, welches ihre Schläfe bedeckte, und machte eine Anstrengung ihren Kopf von dem Kissen zu erheben, allein vergebens.

„Mein Kind! ... mein Kind will seinen Vater nicht sehen! ... Das kann ich nicht glauben!"

„Vater ... Vater ..." weiter vermochte die bleiche Myra nichts zu sagen.

Und sie sank athemlos in die Kissen.

Der Lärm hörte auf, die Thür öffnete sich leise und in dem Halbdunkel, welches ihr Bett umgab, erblickte Myra die hohe Gestalt des Greises, der sie so lange wie ein Vater geliebt. Sein Gesicht war unbedeckt und Thränen rannen über seine Wangen. Er neigte sich über Myra und küßte sie auf die Stirn. Sie lächelte, seufzte lange, schloß die Augen und öffnete sie dann wieder mit einem Ausdruck rührender Liebe.

„Vater! ..."

„Mein Kind! ..."

Der Greis setzte sich, hielt ihre Hand in der seinigen, während er mit der anderen ihre zarten Finger streichelte, wie er es ehemals gethan. Diese einfache Bewegung erweckte in Myra eine Welt süßer Erinnerungen, die eine nach der anderen ihr Herz erfrischten, wie die Thautropfen, welche auf eine halb verwelkte Blume fallen. Sie drehte sich leise herum und legte auch ihre andere Hand in die des Greises.

Dieser neigte sich vorwärts und küßte die kleinen weißen Hände, die er in den seinigen hielt.

„Und Mama? ..." flüsterte Myra.

„Deine arme Mutter hat ihr Kind sehr beweint, Myra, und ich will Dich holen, um Dich zu ihr zurückzuführen."

„Du haſſeſt ihn aber, ... Du ... Du ...“

Das arme junge Mädchen brach in Schluchzen aus.

„Nein, ich werde ihn aus Liebe zu Dir lieben, meine Myra,“ erwiderte Mr. Davis zärtlich.

Myra ſchloß die Augen und unter ihren Wimpern quollen Thränen hervor.

Jetzt lächelte der Greis, als er ſah, welche Bele-bung ſeine Worte in dieſem bleichen Geſichte hervor-gerufen.

„Wir werden in unſerem Landhauſe die Verlobung feiern,“ ſagte Mr. Davis, „und wenn Du uns ver-laſſen wirſt, ſo werden wir Dich nicht ohne unſeren Segen ziehen laſſen.“

„O Papa, wie glücklich ich bin ....“ murmelte das junge Mädchen mit einem langen Seufzer.

Sie ſchloß die Augen nicht wieder, eine ſanfte Ruhe aber verbreitete ſich über ihr Geſicht, und ſie ſank bald in einen friedlichen Schlummer, den erſten, der ſeit Tagen und Nächten ihr in die Augen kam.

Nie war Mr. Davis' Haus ſchöner erſchienen, als an dem Tage, wo Myra mit ihrem glücklichen Va-ter wieder darin einzog. Die ſchöne Wohnung, rings von einer üppigen Pflanzenwelt umgeben, badete ſich in den Fluthen der Sonne, die mit ihrem ſtrahlenden Lichte die ganze Landſchaft wie in einen Brautſchleier einhüllte. Alle Diener ſtürzten an den Wagen, um ihre junge Herrin zu empfangen, und ſelbſt die Hunde verließen ihren Stall mit großen Sprüngen und umbellten sie vergnügt, wie es Politiker oft am Tage nach einer Wahl machen.

Für Alle hatte Myra ein Lächeln. Als ihre Augen aber auf ihre gute Mutter, die sie so zärtlich geliebt, fielen, wankte sie, ihre Wangen bedeckten sich mit Purpur, ihre Augen füllten sich mit Thränen und sie sank in ihre Arme, die sich freudig öffneten, um sie willkommen zu heißen.

„O Mama, ich hoffte nicht, solch ein Glück zu schmecken!" rief sie, indem sie ihre langen Locken schüttelte und ihre Mutter voll rührender Liebe anblickte. „Du bist aber bleich, Mama!"

„Nein, jetzt nicht mehr. Ich bin sehr glücklich, meine Myra."

„Ich habe sie aber nur wieder mit nach Hause gebracht, um uns bald von ihr zu trennen," sagte Mr. Davis mit gütigem Lächeln, indem er die Hand drückte, die ihm Mistreß Davis zum Willkommen reichte, während sie mit der anderen ihr Kind liebkoste.

„Ich weiß es ... ich weiß es ... Das ist aber etwas ganz Anderes," erwiderte die glückliche Mutter, indem sie Myra in das Innere des Hauses zog.

Als Myra sich in das Zimmer begab, welches sie früher innegehabt, begegnete sie dem Verräther, den sie lange für ihren Freund gehalten. Er hielt ihr die Hand hin.

„Nein," sagte Myra, indem sie mit einer Geberde kalter Verachtung einen Schritt zurücktrat. „Aus Mitleid

mit Ihren Kindern habe ich Ihre Niedrigkeit nicht
enthüllt; von jetzt an aber kann nicht länger Freundschaft zwischen uns bestehen.''

„Also, weil Ihr Vater seine Meinung geändert hat,
klagen Sie mich der Falschheit an?'' erwiderte er mit
vollkommener Kaltblütigkeit. „Es ist dies freilich gewöhnlich der Lohn aufrichtiger Ergebenheit.''

Myra entfernte sich, ohne zu antworten.

Mr. Davis war nicht der Mann, der sein Unrecht
nur halb gut zu machen suchte. Er schrieb sogleich an
Mr. Whitney und an dessen Eltern, indem er innig
bat, doch zu ihm zu kommen. Hierauf begann man,
Vorbereitungen zur Hochzeit zu treffen, Alles im Leben nahm nun für Myra eine heitere Gestalt an. Jetzt
war es nicht mehr qualvoll zu warten, denn in der
Zukunft sah sie eine Welt des Glücks ihrer harren.

Mr. Whitney kam und mit ihm seine Eltern.
Diese gaben ihre volle Einwilligung zu der Vermählung ihres Sohnes. Nach allen Prüfungen und Aben-
teuern sollte das junge Paar unter dem väterlichen
Dache, in Gegenwart Aller, die ihm theuer waren,
vereinigt werde.

Man hätte Myra Clark am Abende des Hochzeit-
tages sehen sollen, als sie in ihrem Brautstaate die
breite Treppe herabkam. Die wolkenartigen Falten
ihres Schleiers umhüllten ihre Sylphidengestalt und
verliehen ihr ein ätherisches Ansehen. Einige Blumen mischten sich mit ihrem schönen Haar und ihr

kleiner Fuß, in weiße Atlasschuhe gekleidet, schien die Stufen kaum zu berühren.

Whitney stand unten, bereit, seine Braut zu empfangen. Sie näherte sich ihm mit ächt weiblicher Grazie und ihre Wangen färbten sich mit einem leichten Purpur, als sie ihre Hand in die seinige legte. Sie war tief bewegt, und unter den langen Falten ihres Schleiers sah man sie zittern, wenn der Schatten eines ernsten Gedankens über ihr Gesicht glitt.

Die hohe Gestalt des Bräutigams ließ die weibliche, fast kindliche Anmuth Myra's, als sie an seiner Seite stand, nur um so mehr hervortreten.

„Bist Du bereit, geliebte Myra?" fragte er, indem er sich zu ihr herabneigte.

Myra zuckte leicht zusammen und erhob ihre großen, schwarzen Augen mit einem Lächeln der innigsten Liebe und des heiligsten Vertrauens zu ihm, mit einem Lächeln, wie man es selten auf menschlichen Lippen sieht. Dieses Lächeln war ihre Antwort.

Einen Augenblick darauf traten Beide in den großen Salon, welcher blendend erleuchtet war. Einige Worte — einige Segenswünsche — vielleicht einige Thränen, denn die Thränen liebender Trauer sind bisweilen die besten Juwelen, welche man zu den Füßen einer Braut niederlegen kann — und Myra Clark war Whitney's Gattin.

Achtes. Kapitel.

Das gelbe Fieber

Myra Whitney ließ sich in eine kleine Wohnung, in der Grafschaft von New-York, mit dem Manne nieder, der ihre Liebe trotz so vieler Widerwärtigkeiten und Prüfungen zu erringen gewußt. Myra hatte der Pracht ihrer Heimath entsagt, und indem sie den Rang ihres Gatten theilte, führte sie ein neues, und in gewisser Beziehung edleres Leben. Bald aber trafen in ihrem kleinen Eden gewisse Nachrichten ein, welche Frieden und Glück auf immer daraus verscheuchten.

Einem Manne, welcher von allen den Betrügereien wußte, welche man zum Nachtheil der jungen Erbin ausgeführt, gelang es endlich, Mistreß Whitney zu entdecken. Er erzählte ihr von dem ungeheuren Vermögen, welches die Testamentsvollstrecker Daniel Clark's ihr vorenthalten. Er sagte ihr auch Etwas, was ihr stolzes Blut in ihren Adern in höherem Grade aufregte, als es jeder Gedanke an Reichthum hätte thun können.

Er erzählte ihr von dem Verdachte, den man schändlicher
Weise, in Bezug auf ihre rechtmäßige Geburt verbrei-
tet, und wodurch man den Ruf ihrer Mutter beschimpft
hatte.

Von diesen Tagen an verschwand für das junge
Paar jede Hoffnung auf Ruhe. Myra hatte eine
schwere Aufgabe zu erfüllen. Sie mußte alle die Un-
gerechtigkeiten, womit man ihre Mutter überhäuft,
rächen, und den ehrenhaften Namen ihres Vaters, dessen
Andenken sie ehrte, von all' dem Bösen reinigen, welches
man seinen Handlungen angedichtet. Hierzu kam noch
der Ehrgeiz einer jungen, stolzen und geistvollen Frau,
welche ihre wirkliche Stellung in der Welt wieder ein-
nehmen und mit ihrem Gatten, den sie gewählt, ein
Vermögen theilen wollte, welches ihr rechtmäßig zukam,
von dessen Vorhandensein er vor der Vermählung aber
nichts gewußt hatte.

Jetzt begann der Kampf zwischen List und Gesetz,
welcher sich seit zwanzig Jahren wie ein Roman vor
den amerikanischen Tribunalen entrollt hat. Von ihrem
Gatten begleitet, begab sich Myra nach New-Orleans,
sammelte hier die kleinsten Beweise und enthüllte vor
den Augen der Welt die Schandthaten, durch welche
ihr ganzes Leben vergiftet worden. In New-Orleans
fand sie auch ihre Mutter, Mistreß Gordette, die Zulima
unserer Erzählung, und hier erfuhr sie zum ersten Male
den ganzen geheimen Roman ihrer eigenen Geschichte,
das Unglück, welches unaufhörlich ihre Mutter verfolgt,

die Gewissensbisse und die feierliche Sühne ihres Vaters in seinen letzten Augenblicken.

Bei einer so ehrgeizigen und phantasiereichen Natur, wie die Myra's, war dieses Wiedersehen mit ihrer Mutter dazu geschaffen, einen peinlichen und dauernden Eindruck auf sie auszuüben. Nur ein Gedanke, nur ein Zweck erfüllte von nun an ihr Leben, und um denselben zu erreichen, war sie bereit, ihren Seelenfrieden, wie alle die weiblichen Wünsche, welche sich in hochgebildeten Gemüthern entwickeln, zu opfern. Trotzdem, daß sie das Werk eines Mannes durchführte, blieb sie doch in allen ihren Handlungen Weib und ließ ihren Gatten handeln, dessen ganzes Bestreben nur den Zweck hatte, ihr Glück und ihr Vermögen sicher zu stellen.

Das unermeßliche Vermögen Daniel Clark's war schnell von Denen verschwendet worden, in die er sein Vertrauen gesetzt. Die Werthsachen waren zuerst verschwunden, dann war das Grundbesitzthum Stück für Stück verkauft worden und die dermaligen Besitzer waren nach Hunderten zu zählen. Je größere Hindernisse aber sich ergaben, desto größere Energie entfaltete die junge Frau, um ihrer gerechten Sache den Sieg zu erringen.

Man sammelte alle Beweise von dem einstmaligen Vorhandensein des zweiten Testaments und seiner Zerstörung.

In Philadelphia lebten noch Zeugen der Trauung von Daniel Clark und Zulima. Die Mutter selbst,

obgleich es ihr tiefen Schmerz verursachte, ihr Unglück
der Oeffentlichkeit zu verkünden, stand der Tochter so gut
bei, wie es ihre schüchterne und vom Unglück ge-
brochene Natur nur gestattete. Einflußreiche Personen,
die der erhabenen Energie dieser jungen und schönen
Frau, welche kaum die physische Liebe eines Kindes zu
haben schien, und dennoch muthig einen Kampf wagte,
in welchem so viele Hindernisse sich ihr entgegenstellten,
ihre Bewunderung nicht versagen konnten, unterstützten
sie großmüthig.

Der mächtige Kampf begann unter glücklichen Aussichten. Der Sieg konnte noch fern sein, Myra aber
zweifelte nicht, daß der endliche Erfolg auf ihrer Seite
sein würde.

In dem Eifer der ersten Anstrengung hatte sie
vergessen, vorsichtig zu sein, was allerdings auch in
dieser ersten Periode des Lebens wohl kaum zu erwarten stand. Myra war durch Adoption ein Kind des
Nordens geworden, ihr Blut aber hatte die natürliche
Gluth bewahrt, welche so gut zu der heißen Tempera-
tur des Südens paßte, wohin sie ohne Furcht gerade
während der gefährlichsten Jahreszeit mit ihren Kindern
gezogen war.

Mr. Whitney war im Norden geboren, und er konnte
das heiße und feuchte Klima in New-Orleans nicht
vertragen. Die Aufregung, welche die Anstrengungen
in dem soeben begonnenen Kampfe nach sich zogen,
trug nur zur Verschlimmerung seiner Krankheit bei.

Kaum in der Blüthe der Jahre, in der ganzen Fülle seiner Kraft ward Whitney eins der ersten Opfer des gelben Fiebers.

Die beiden Gatten wohnten in einem Hôtel im Mittelpuncte der Stadt; der Behaglichkeit des Familienlebens beraubt, und von einer Menge von Feinden umgeben, wie sie stets bei solchen Prozessen, an denen viele Personen betheiligt sind, entstehen. In den Augen aller Derjenigen, die auf irgend eine oder die andere Weise Anspruch auf Daniel Clark's Hinterlassenschaft machten, Myra für eine angreifende Feindin, für eine Frau, die in Folge ihres Ehrgeizes und ihrer schlecht begründeten Forderungen gekommen war, um den Frieden einer großen Stadt zu stören.

Viele, welche ihre Besitzthümer in gutem Glauben gekauft, und den eigentlichen Stand einer Frage, welche selbst die hervorragendsten Juristen nicht zu lösen vermocht, zogen nur ihre sichtbaren Interessen in Betracht und beschuldigten Myra einer ungesetzlichen Handlung.

So befand sich denn Myra mit ihrem fieberkranken Gatten, von Feinden umgeben, in einer Lage, wie wenige Frauen durchzukämpfen gehabt.

Den ganzen Tag lang war Myra allein und traurig; ihre Kinder empfanden den schädlichen Einfluß des Klima's und selbst ihre eigene mächtige Energie schien den entnervenden Einflüssen, die sie umgaben, nachzugeben. Zuweilen empfand Myra in dem heftigen

Kampfe, welchen sie so muthig begonnen, die schmerzliche Rückwirkung, welche stets auf große Entfaltung von Willenskraft folgt. Den ganzen Tag hatte Myra an ihre hübsche Wohnung im Norden, den Frieden daselbst und das frische Grün der Bäume, welche sie beschatteten, gedacht. Nahe bei dem Hause befand sich eine Quelle, eine jener, wo die Waffer in silbernen Wogen sprudelten, mit denen die Kinder so gern spielen, und deren Murmeln man sich später noch wie der herrlichsten Musik der Welt erinnert.

In der glühenden Atmosphäre des Zimmers, in welchem sie saß, hatte Myra ihre Gedanken nicht von dieser Quelle losreißen können. Ihre Kinder hatten sich auch an dieselbe erinnert und ihre Mutter gebeten, doch in die alte Wohnung zurückzukehren, damit sie im Freien spielen könnten.

Als Myra ihnen auf diese Bitte antwortete, fühlte sie, wie ihre Augen sich mit Thränen füllten. Sie hatte anscheinend keine Ursache zur Traurigkeit, und doch hatte sie sich derselben den ganzen Tag nicht erwehren können. Der seltsame Wunsch stieg in ihr auf, ihre Kinder zu nehmen und mit ihnen nach dem Norden zu flüchten, wo sie frei athmen und lachen konnte.

Während die junge Frau in diese Träume vertieft war, öffnete sich die Thür und Mr. Whitney trat ein. Sie blickte ihn mit einem bewillkommnenden Lächeln an, konnte sich aber eines Schauders nicht erwehren, als sie seine schweren Augen und die brennende Röthe auf seinen Wangen sah.

Sie schob die Kinder bei Seite und indem sie die Hand ihres Gatten faßte, blickte sie ihn mit einem Gemisch von Aufmerksamkeit und Entsetzen an. Mr. Whitney versuchte zu lächeln, gleich darauf aber fuhr er mit der Hand nach der Stirn und seufzte tief auf.

„Was giebt es denn, lieber Mann? Bist Du krank oder eben in der Sonnenhitze gegangen?"

Whitney machte seine brennende Hand aus der ihrigen los, und als er sah, wie die Kinder lachend auf ihn zukamen, befahl er ihnen, fortzugehen. Diese begannen zu weinen. Myra aber war kein Kind, sie erschrak nicht über ein hartes Wort, obgleich sie ihren Gatten zum ersten Male in dieser Weise mit den Kindern sprechen hörte.

„O, jetzt bin ich überzeugt, daß Du krank bist," sagte sie, indem sie die Kinder zur Seite schob. „Wer hat Dich wohl je in so schlechter Laune gesehen, mein Whitney, und besonders Deinen Kindern gegenüber?"

„Sie dürfen mir nicht zu nahe kommen, entferne sie .... Ziehe Dich ebenfalls zurück," sagte er hastig.

„Wie! Ich .... ich soll mich zurückziehen!" rief die junge Frau, deren Entrüstung ihren Schrecken in den Hintergrund drängte. „Was denkst Du von mir, Whitney?"

„Thue es zu ihrem, zu Deinem Heil, Myra,"

sagte er, indem er sie von sich stieß. „Kind ... Kind,
siehst Du nicht, daß ich das gelbe Fieber habe?"

Myra blickte ihn entsetzt an. Ihre bleichen Lippen
blieben halb offen und ihre Wangen wurden kalt wie
Eis.

„Führe die Kinder hinweg," sagte sie, indem sie einer
jungen Mulattin, welche unbeweglich dastand, mit der
Hand winkte. „Führe sie in Dein Zimmer, Agnes,
und laß sie nicht wieder heraus."

Nur ungern und weinend gingen die Kinder. Es
kam ihnen sonderbar vor, gerade in dem Augenblicke,
wo ihr Vater kam, fortgeschickt zu werden. Sie schienen
ganz bestürzt und zögerten auf der Schwelle, besonders
als sie ihre Mutter in Thränen zerfließen sahen. Sie
wollten zu ihr zurückkehren und fragen, was ihr fehle.

Die kleine Dienerin aber widersetzte sich dem und
zog die Kinder mit Gewalt fort. Sie wußte, was
diese Symptome bedeuteten, und war von Schrecken er-
griffen. Die Kinder allein konnten gerettet werden.
Eine andere Hoffnung gab es nicht. So führte sie
dieselben denn schnell in ihr Stübchen, welches von
Mr. Whitney's Zimmer weit entfernt lag.

Myra vergaß ihre Kinder, vergaß Alles, als sie die
schrecklichen Symptome in dem Gesicht ihres Gatten
las, als sie die Gluth fühlte, welche in seinem Blute
kochte.

„O, mein Gatte .... mein trauter Gatte, Das ist
es nicht .... es ist nicht das Fieber. Gott wird

Erbarmen mit uns haben. Du bist in der Sonne gegangen, Du bist furchtbar ermattet, ein Glas Eiswasser
und ein wenig Ruhe werden dieses Unwohlsein zer-
theilen."

„O, es ist furchtbar, Myra! Es ist mir, als sollten
meine Schläfe bersten!" sagte er, indem er seinen
Kopf zwischen beide Hände nahm und sich hin- und
herwand.

„Es ist blos die Hitze .... es ist die Hitze,"
sagte sie, indem sie sich selbst zu täuschen suchte.

„Es ist der Tod .... o Myra, „ich glaube, es ist
der Tod."

Die arme Myra begann an allen Gliedern zu
zittern. Sie war die Beute eines furchtbaren Schreckens.
Ihr. Augen funkelten mit übernatürlichem Glanze.

„O nein, nein! Dieser Gedanke allein bringt mir
den Tod!" rief sie, indem sie sich ihrem Gatten in die
Arme stürzte.

Mr. Whitney versuchte sich aus ihrer Umarmung
zu reißen, allein das Fieber lähmte bereits seine Kräfte,
während die Liebe die Myra's verzehnfachte. Sie legte
ihren Gatten auf das Bett, seinen Kopf auf die Kissen
und bat ihn flehentlich, sich ruhig zu verhalten und zu
schlafen zu versuchen.

Während er in den Kissen stöhnte, holte Myra
schnell Eiswasser und gab ihm ein Wenig davon zu
trinken. Sie wischte seine Stirn mit· einem nassen
Tuche, kurz, sie that Alles, was ihre weibliche Zartheit

Myra.   14

ihr eingab, und wodurch sie die Schmerzen des Kranken
zu lindern hoffen konnte. Wenn man dieses zarte
Wesen den Mann, der ihr das theuerste Geschöpf auf
Erden war, mit dieser Hingebung pflegen sah, so hätte
man es kaum für möglich gehalten, daß sie Energie
genug besäße, um eine Hauptrolle in einem der wich-
tigsten Processe, welche je das Land in Erstaunen gesetzt, zu spielen, daß sie, ohne daß es ihr je an Muth
gebrach, mit Schwierigkeiten kämpfte, vor denen die
entschlossensten Männer zurückgewichen waren. In diesem
Krankenzimmer war sie sanft wie ein Kind, schnell wie
der Blitz, alle Mittel zu ergreifen, den Schmerz zu
lindern, welche diesen jungen Mann wie durch die Um-
armung eines Dämons niedergeworfen.

Myra wachte viele Stunden bei dem Kranken. Der
Arzt kam, verschrieb die gewöhnlichen Mittel und ging
dann wieder. Sein Herz war natürlich wenig bewegt,
und sein Gesicht sagte ganz und gar Nichts. Seine
Behandlung war stets dieselbe; er verschrieb stets dieselben
Mittel, häufige Aderlässe, und sagte einige unbestimmte
Trostworte zu den Angehörigen, welche um das Bett
herum standen. Endlich kam die Krisis, dann der Tod.
So geschah es tagtäglich.

Die unglückliche Myra suchte in den Augen des
Arztes einen schwachen Hoffnungsstrahl. Sie wollte in
seinen Zügen lesen, obschon diese niemals einen Gedanken, oder ein Gefühl verriethen, selbst nicht in Gegenwart des Todes. Ach, es war vergebens.

Dennoch verzweifelte sie noch nicht. Hatte sie nicht bis zu diesem Tage alle Hindernisse durch die Kraft ihres Willens überwunden? Sollte sie heute besiegt werden? Ihr Herz weigerte sich, zu glauben, daß ein so kraftvolles Leben vom Tode dahingerafft werden könnte; sollte aber dieses Unglück dennoch geschehen, so schien es ihr unmöglich, ihren Gatten länger als eine Stunde überleben zu können.

Ach! Bei aller ihrer Erfahrung und bei aller ihrer Kraft, mußte Myra noch lernen, wie viel Bitteres das Menschenherz in sich aufnehmen kann, ohne überzufließen, — welche Leiden es ertragen kann, ohne zu brechen. Wenn der Tod alle Wünsche erfüllte, die man an ihn richtet, wie viele der heute lebenden Wesen, welche verurtheilt sind, ihre Laufbahn zu Ende zu führen, würden dann verschwunden sein?

Nicht ganz eine Woche nach dem ersten Fieberanfalle ward Myra an das Bett ihres Gatten gerufen. Eine große und furchtbare Veränderung war mit dem kräftigen Manne vorgegangen, seine Glieder waren abgezehrt, seine Augen hohl und die Stirn dunkelgelb.

„Myra, mein armes Weib ....“

Sie beugte sich über ihn, und küßte seine vom Fieber versenkte Stirn.

„Geliebter Gatte, es geht Dir besser. Siehe, Deine Augen gewinnen ihren Glanz wieder.

„Nein, Myra, nein; es ist mir ganz eigenthümlich zu Muthe, es geht aber nicht besser mit mir.“

Eine ohnmächtige und schmerzliche Bewegung verrieth die Anstrengung, welche die arme Myra machte, um ihre Augen der Wahrheit zu verschließen.

„Sage Das nicht. Sprich nicht so Etwas. Warte die Ankunft des Arztes ab; dieser wird Dir sagen, daß ich Recht' habe."

Der Kranke machte eine schwache Handbewegung; ein Seufzer glitt über seine Lippen.

In diesem Augenblicke trat der Arzt ein. Er hatte soeben die Runde in der, von der Pest des gelben Fiebers verheerten Stadt gemacht. Die junge Frau, welche vor Unruhe bebte, fragte ihn mit einem flehenden Blick, während er den Puls des Kranken fühlte.

„O, Doctor, geht es besser? ...."

„Ja, ohne Zweifel."

Myra brach in Schluchzen aus. Das Gesicht des Kranken ward von einem flüchtigen Lichtstrahle erhellt, dann wendete er sich auf seinem Lager herum und Thränen rannen über seine Wangen.

„Nein, Doctor, nein," murmelte er.

„Ich glaube, Mistreß Whitney, daß wir allen Grund haben, zu hoffen. Noch ein Aderlaß, und es wird Alles gut werden.

In einem Augenblicke waren Bandagen, Lanzette und Alles bereit. Der Arzt ließ dem Kranken zum dritten Male zur Ader und zog aus diesem, schon vom Fieber erschöpften Körper eine große Schüssel voll Blut.

„Jetzt Mistreß Whitney," sagte der Arzt, indem er sanft den Arm des Patienten auf die Decke legte, „wird Alles gut werden, fürchten Sie nichts. Ich werde heute Abend wiederkommen. Folgen Sie nur meinen Verordnungen und lassen Sie den Kranken ein Wenig ruhen."

„O, Doctor, meine Dankbarkeit findet keine Worte, das Herz ist mir übervoll."

„Es sind auch keine Worte nöthig," sagte der Arzt ruhig, „wie auch keine Dankbarkeit, wenigstens nicht, was mich betrifft."

Myra begleitete den Mann, der ihr in diesem Augenblicke größer als sonst ein irdisches Wesen erschien, bis auf den Vorsaal.

„O, Doctor sind Sie wirklich überzeugt, daß es besser geht? Wollen Sie ihn nicht blos trösten?" rief sie, während das Fieber, welches sich auch ihrer bemächtigte, ihr schon die Zähne klappern machte.

„Durchaus nicht, Mistreß Whitney. Es geht ziemlich gut, aber nehmen Sie sich selbst in Acht —"

Myra lächelte ihn unter Thränen an.

„Gott segne Sie für diesen Trost," sagte sie, indem sie sich auf das Treppengeländer stützte.

Als der Arzt fort war, lief Myra in das Zimmer ihrer Kinder, drückte diese an ihr Herz und überhäufte sie mit den zärtlichsten Liebkosungen.

„Es geht besser — es geht besser — geliebte

Kinder — ihm — Euerm Vater, Euerm lieben Vater. Umarmt mich tausend Mal und wenn ich nicht mehr sein werde, knieet nieder, erhebt Eure Augen zum Himmel und danket Gott, versteht Ihr? Danket Gott, denn Euer Vater ist gerettet, er wird leben."

Die Kinder gehorchten ihrer Mutter, knieeten nieder und erhoben ihre kleinen Gesichter zum Himmel, wie die Engel, welche man auf den Gemälden Raphael's sieht. Es war, als ob ihre Augen die Gebete stammelten, die ihre Lippen nicht auszusprechen vermochten.

Nachdem Myra so ihrer Freude freien Lauf gelassen, kehrte sie in das Krankenzimmer zurück. Ein Sonnenstrahl beleuchtete in diesem Augenblick das matte Antlitz Mr. Whitney's und schien ein letztes Licht auf dieses Sterbebett zu werfen. Myra hielt den Athem an und horchte. Der Kranke hatte die Augen geschlossen, seine fest aufeinandergepreßten Lippen bewegten sich nicht. Die arme Myra nahm diese Erstarrung für eine günstige Vorbedeutung.

„Ja," murmelte sie, indem sie sich an das Kopfende des Bettes setzte und die Hand ihres Gatten faßte, „er leidet jetzt keine Schmerzen mehr, er ruhet sanft."

Whitney hörte sie und drückte ihr zum Zeichen seiner Dankbarkeit schwach die Hand, sprach aber nicht, ja versuchte nicht einmal ein Wort zu sprechen. Nur die Thränen, welche über sein Gesicht rannen, bewiesen, daß noch Leben in ihm war.

Nach Verlauf von etwa zwei bis drei Stunden kehrte das Fieber in stärkerem Grade wieder und erschöpfte die letzten Reste dieses verlöschenden Lebens. Myra, welche über das hohle Gesicht ihres Gatten erschrak, erwartete mit fieberhafter Ungeduld die Rückkehr des Arztes.

Endlich kam dieser mit der Langsamkeit und der ernsten Haltung, welche für unruhige Herzen peinlich sind. Er näherte sich dem Bett, fühlte den Puls des Kranken, legte die Hand desselben leise wieder auf das Bett und entfernte sich, indem er sagte, man solle weiter nichts thun, als seine Anordnungen befolgen.

In diesem Augenblicke öffnete der Kranke die Augen und blickte den Arzt mit milder, vorwurfsvoller Miene an, versuchte aber nicht einmal zu sprechen. Thränen rannen über seine Wangen, dann schloß er die Augen wieder.

Ihrer Gewohnheit gemäß, folgte Myra dem Arzte aus dem Zimmer.

„Sagen Sie mir," rief sie, „geht es ihm nicht schlimmer — geht es besser — ist jetzt keine Gefahr mehr vorhanden?"

Während sie sprach, zog der Arzt seinen Handschuh an.

„Es ist keine Hoffnung mehr, Mistreß Whitney,

auch nicht die geringste. Noch vor Morgen wird er todt sein. Haben Sie nicht bemerkt, daß seine Lippen sich bereits schwarz färben?"

"Noch vor morgen todt — mein Gatte! O, nein, Sie wollen nur sehen, ob ich auch so muthig bin, wie man Ihnen gesagt hat. Sie sehen aber, Doctor, daß ich ein armes, furchtsames, kleines Wesen bin. Mit dem Tode kämpft man nicht! Sehen Sie nicht, wie ich zittere? Treiben Sie es nicht zu weit. Ich bin nicht sehr stark und — und — o, mein Gott! mein Gott! — warum antworten Sie mir nicht? —"

"Wirklich, Mistreß Whitney, ich habe nichts weiter hinzuzufügen. Es würde mir zur großen Befriedigung gereichen, Ihnen Hoffnung geben zu können, wenn ich selbst deren hegte. Das letzte Symptom ist eingetreten, es gibt keine menschliche Wissenschaft, die ihn retten könnte. Es ist nur noch eine Frage der Zeit — und auch da — und auch da —"

Während der Doctor so sprach, ging er die Treppe hinab, da er nicht Zeuge der Verzweiflung Myra's zu sein wünschte. Diese kam ihm jedoch nachgeeilt und faßte ihn beim Arme.

"Doctor, Doctor," rief sie außer sich, "ist das wirklich wahr?"

"Ja, wirklich. Es thut mir leid, daß ich es Ihnen sagen muß, es ist nichts gewisser."

Myra ließ seine Hand sinken. Ein eiskalter Schauer

drang ihr bis zum Herzen. Nachdem der Arzt verschwunden war, begab sie sich wieder in das Zimmer
wo ihr Gatte mit dem Tode rang. Als Myra wieder
heraustrat, war sie Wittwe.

Sie begleitete ihren Gatten bis zu seiner letzten
Wohnstätte, bleich und bebend, indem sie sich fragte,
ob es wohl möglich sei, daß nur so kurze Zeit nöthig
wäre, um ein Leben trostlos zu machen. Es lag in
ihrem Schmerz nichts Geräuschvolles.

Die beiden Kinder folgten, ganz verwundert über
ihre Trauerkleider, ihrem Vater ebenfalls in die dunklen
Gänge des Kirchhofs, und als man den Sarg in das
Grab senkte, fragte sich Myra, ob es nicht ihr Herz
wäre, welches jetzt auf ewig begraben würde.

Die Jahre vergingen. Das Leben hat seine un-
vermeidlichen Forderungen. Der große Prozeß nahm
seinen Fortgang. Myra kämpfte im Namen der
Eltern, die sie verloren, im Namen der Kinder ihres
Gatten.

Während dieser Ereignisse legte ein würdiger Greis,
welcher sein Vaterland tapfer vertheidigt und Armeen
angeführt hatte, sein Herz und seinen ehrenvollen Namen
zu Myra's Füßen nieder, sie ward sein Weib. Nach
einigen Jahren starb er in derselben Stadt, die schon
für Whitney so verhängnißvoll gewesen, mit Ehren
überhäuft und sein letztes Wort war ein Segenswunsch
für Myra.

Diese setzte nun allein, unerschütterlich den großen

Kampf fort. Noch ein Jahr wird beweisen, daß das an Kämpfen so reiche Leben der schönen Myra Clark — Gaines nicht ohne Sieg geblieben ist und daß Energie selbst bei einem schwachen Weibe sich endlich doch Gerechtigkeit erringt.

Ende.

Druck von Oswald Collmann in Leipzig.